KB007548

아이 기브 유 마이 바디

독자를 사로잡는 섹스 신 쓰기

아이 기브 유 마이 바디

다이애나 개벌돈 | 심연희 옮김

orangeD

차례

한국 독자들을 위한 서문

한국의 독자 여러분께

제 소설을 재미있게 읽어 주셔서 무척 기쁩니다. 저의 글쓰기 방법을 설명한 이번 짧은 책도 재미있게 읽어 주시기를 바랍니다.

섹스 신을 쓰는 작가들 중 대다수는 이런 장면에서 중요한 것이 섹스 행위 자체라고 잘못 알고 있습니다. (물론 섹스 행위가 중요한 신이 있기는 있습니다만⋯⋯) 본질적으로 보자면, 좋은 섹스 신에서 중요한 것은 감정을 주고받는 것입니다. 그러한 감정의 교환을 어떻게 활자화할 수 있는지 알아보는 데 이 책이 도움이 되기를 바랍니다.

즐겁게 독서하시길, 또 여러분의 글쓰기에 행운이 가득하시길 빕니다!

다이애나 개벌돈 드림

일러두기

1. 저자 주는 ♦로, 옮긴이 주는 *로 구분했다.

2. 원문에서 이탤릭체로 강조한 곳은 진하게 표시했다.

3. 단행본과 정기간행물 등은 『 』, 시와 단편 등은 「」로 구분 지어 표기하였다.

4. 한국에 정식 소개된 작품은 한국어판 제목으로 표기하였으며, 소개되지 않은 작품은 우리말로 옮긴 후 원제목을 병기하였다.

섹스 장면 쓰기 5분 속성 작법
─급한 분들을 위한 팁

대부분의 초보 작가가 착각하는 게 있다. 바로 섹스 장면에서 중요한 것이 섹스 행위 자체라는 생각이다. 좋은 섹스 장면에서 보여 줘야 하는 것은 체액을 주고받는 모습이 아니다. 감정을 주고받는 모습이다. 섹스 장면에서는 분노나 적막감부터 환희와 애정, 놀라움까지 온갖 감정이 전부 드러날 수 있다.

욕정은 감정이라기보다는 일차원적인 호르몬 반응에 가깝다. 섹스 신에서 욕정을 언급할 수는 있지만, 그것을 지나치리만큼 길게 묘사하는 것은 침실 벽지의 무늬를 묘사하는 것과 다를 게 없다. 잠깐 볼 만은 하겠지만 금세 지루해진다.

그렇다면 감정을 주고받는 모습을 어떻게 보여 줘야 할

까? 대화와 설명, 행동을 통해서다. 어떤 것을 선택하든 작가의 몫이지만 이 중 가장 유연하면서도 강력한 도구는 바로 대화다. 등장인물이 주고받는 말에서 그 인물들의 매력이나 특징이 드러나기 때문이다.

『아웃랜더』에서 발췌한 예를 보자.

> "한 번만 해도 법적 효력이 있다는 걸 알긴 하는데요……."
> 그는 수줍게 말을 아꼈다.
> "또 하고 싶어요?"
> "또 해도 괜찮겠어요?"
> 이번에도 웃음을 참느라 옆구리가 당겨서 아팠다. 나는 엄숙하게 말했다.
> "그래요. 괜찮아요."

물론 당신은 작가의 관점에서 섹스 장면을 더 생생하고 입체적으로 표현해 내고 싶을 것이다. 섹스에 대해 묘사할 때 작가에게는 적어도 유리한 점이 한 가지 있다. 독자들 대부분이 섹스를 어떻게 하는지 알 거라고 생각해도 괜찮기 때문이다. 이처럼 공통 경험이라는 토대가 있기 때문에, 작가는 간단한 설명만으로도 독자의 머릿속에 장면을 연출할 수 있다.

글을 쓰다 보면 신체를 세세하게 묘사하는 방식으로 섹

스 신을 진행하고 싶겠지만, 대체로 노골적인 성적 묘사보다는 감각적인 묘사를 하는 편이 좋다. 예를 들어, 아무 글이나 골라서 남자가 여자의 유두를 핥는 장면을 찾아 읽어보면 무슨 말인지 이해할 수 있을 것이다. 작가가 '유두'라는 단어를 군이 쓰지 않으려고 말도 안 되게 소름 끼치는 이상한 단어를 쓴다든가('닭의 볏처럼 부드러운 분홍색 돌기'라는 표현을 읽으면 머릿속에 너무 생생하게 닭의 볏이 떠오르지 않는가?) 얼토당토않게 무시무시한 묘사를 한다면, 읽으면서 드는 상상이란 그저 침 흘리며 쭉쭉 핥는 모습밖에는 없을 것이다. 이러면 독자들이 장면에 전혀 집중할 수가 없다. 제발 그러지 말자.

어떻게 하면 생생하고도 거부감이 들지 않는 장면을 쓸 수 있을까? 인간의 오감 중 세 가지 감각을 사용하면 곧바로 입체적인 섹스 장면을 만들 수 있다. 바로 '3의 법칙'이라는 작은 트릭을 쓰는 것이다. 시각과 청각적 묘사만을 사용하여 섹스 장면을 쓰는 작가들이 많다. 하지만 이에 더해 후각과 미각, 촉각적 묘사까지 사용하면 좋은 섹스 장면을 창조할 만반의 준비가 된 것이나 다름없다.

『스코틀랜드 죄수The Scottish Prisoner』에서 발췌한 예를 보자.

길은 좁았다. 어두운 숲과 떠오르는 환한 달빛 사이에서 그들은 앞이 보이지 않은 채로 가끔씩 서로 몸이 부딪치곤 했다. 그의 귓가에 제이미의 숨결이 들렸다. 아니, 정말로 들린 걸까. 그의 얼굴에 스친 부드러운 바람 한 갈래처럼 다가오는 숨결. 제이미의 냄새였다. 몸에서 풍겨 오는 사향 냄새, 옷에서 나는 마른 땀과 먼지 냄새. 문득 스스로가 늑대처럼 사나워지는 기분이 드는가 싶더니, 갈망이 노골적인 허기로 변했다.

욕망이 일었다.

기본적으로 좋은 섹스 장면은 대개 신체적 묘사를 곁들인 대화 장면이다.

『내 심장의 피로 쓴Written in My Own Heart's Blood』에서 발췌한 예를 보자.

"안 할 거야."

제이미가 속삭였다. 내가 저항하자 그는 나를 꽉 붙잡았다. 나는 그를 부추겨서 거친 반응을 끌어내려고 했지만, 그럴 수가 없었다. 내겐 거친 반응이 필요하건만.

"뭘 안 해?"

나는 헐떡이며 물었다.

"당신을 혼내지 않을 거라고. 그렇겐 안 해. 알았어?"

그가 너무나 나직한 소리로 말해서 가까이 있었는데도 말을 겨우 알아들었다.

"이 나쁜 자식아. 내가 언제 너더러 나 혼내 달라고 했어?"

내 어깨를 잡은 손아귀에서 벗어나려 몸부림치자 어깨가 빠질 것만 같아서 나는 힘겹게 투덜댔다.

"내가 바라는 건……. 제길, 내가 뭘 바라는지 알잖아!"

"그래, 알아."

그의 손이 내 어깨를 놓더니 이젠 엉덩이를 움켜잡았다. 그의 손은 한껏 벌어져 미끄러운 우리의 결합부를 건드렸다. 살점을 자극받은 나는 그만 항복한다는 뜻으로 자그맣게 신음하고 말았다. 무릎의 힘이 스르르 빠졌다.

제이미는 몸을 뒤로 뺐다가 다시금 나의 안으로 들어왔다. 그 강한 몸짓에 어쩔 수 없이 새된 안도의 비명이 가냘프게 나오고 말았다.

그는 내 팔에 손을 얹은 채 나직하게 말했다.

"침대로 가자고 말해 줘. 그럼 당신에게 들어갈게. 물론 당신이 부탁하든 안 하든 난 당신과 할 거야. 그래도 이것만은 기억해 줘, 새서나흐. 나는 당신의 남자야. 내 뜻대로 당신을 섬길 뿐이지."

마지막으로, 은유와 수사법을 이용하여 장면의 감정적인 분위기를 직접 표현할 수 있다. 이 기법은 숙련된 글쓰기 기법이라는 점을 알아 두자.

『눈과 재의 숨결A Breath of Snow and Ashes』에서 발췌한 예를

보자.

  그는 부드럽게 할 마음이었다. 아주 부드럽게 하자. 집으로
오는 먼 길을 한 발짝씩 뗄 때마다 걱정하는 마음으로 조심스
레 계획을 세웠다. 그녀는 마음이 몹시 부서져 있어. 그러니 시
간을 천천히 두면서 눈치껏 행동하자. 산산이 부서진 그녀의
마음을 한 조각씩 조심스럽게 붙여 줘야지.

  그런데 막상 만나 보니, 그녀는 전혀 정중함을 바라지 않았
다. 조심스러운 사랑 고백 따위 원치 않았다. 오히려 단도직입
적으로 대해 주기를, 가감 없이 거칠게 대해 주기를 바랐다. 부
서졌다 해도 그 날카로운 단면으로 그를 베어 내려 했다. 술주
정뱅이가 깨진 술병을 무모하게 휘두르듯이…….

  그녀는 그의 등을 할퀴었다. 그는 부러지는 손톱을 느끼며
무심코 이런 생각을 했다. 그래, 차라리 잘됐어. 지금 그녀는
싸우고 있잖아. 생각은 거기에서 멎었다. 그 역시 분노에 사로
잡혀 버렸으니까. 저 산 위에 검게 내리치는 천둥처럼 분노와
욕망이 그를 덮쳤다. 거친 감정들은 마치 구름처럼 그의 눈으
로부터 모든 것을 숨기는 동시에 모든 것의 눈으로부터 그를
숨겼다. 그렇게 친밀감은 사라지고 그는 홀로 어둠 속에 낯설
게 남겨졌다.

이런 식이다. 감이 좀 왔기를 바란다.

한 시간 내로 생생한 묘사와 놀라운 예문, 재미있는 주석을 곁들인 섹스 장면 쓰기

먼저 말해 둘 것이 있다. 내가 관찰해 본 결과, 인간들은 원래 섹스에 관심이 많다. 이건 광고만 봐도 대번에 알 수 있다. 남성 잡지에 옷을 입은 듯 만 듯 한 여자가 오토바이 위에 다리를 벌리고 앉은 사진이 실리거나, 아베크롬비앤피치 매장에서 젊은 남자들이 가슴털을 밀고 웃통을 벗은 채로 옷을 파는 것을 보라(모델도 아닌 그저 직원인 남자들이 말이다).

섹스는 인간 욕구의 단계 중에서 식욕 바로 다음을 차지하며, 안전의 욕구나 퇴직금을 받고 싶은 마음, 집 안에 수세식 화장실을 만들고 싶은 마음보다 더 우선적으로 작용한다. 물론 사람들은 오랑우탄이나 따개비, 지렁이 등 다른 생물이 교미하는 모습을 보는 것에도 흥미가 많지만, 누가 뭐래도 우리 같은 사람끼리 하는 섹스를 관찰하는 데 훨씬 더 관심이 많다.

위의 사실을 감안하면, 우리는 작가로서 아주 귀중한 도구를 지닌 셈이다. (물론 이 도구는 신중하게 사용해야 한다.) 작가가 섹스에 관해 쓰면 잘 썼든 못 썼든 간에 독자들은 대개 관심을 갖는다. (물론 어떤 작가들은 성향이 여린 탓에 섹스와 관련된 장면은 아예 피하기도 한다. 하지만 당신이 그런 작가였다면 애초에 이 책을 펼치지도 않았으리라.)

다만 어떤 도구든 사용하기 전에 먼저 사용법을 철저히 익혀야 한다. 전동 공구를 쓰기 전에는 먼저 플러그를 꽂아야 하고, 감전되지 않도록 혹시 맨발로 물웅덩이를 밟고 서 있지는 않는지 확인해야 한다.

한 가지 예를 들어 보겠다. 나는 2012년 런던에서 열린 역사소설협회 콘퍼런스에서 '토요일 밤의 섹스 신 낭독회'에 연사로 참가한 적이 있다. (이 낭독회는 몇 년 전에 우연히 시작하게 되었는데, 그 뒤로 콘퍼런스의 고정 프로그램이 되고 말았다.) 이 낭독회에는 콘퍼런스가 끝난 후 모인 이백여 명의 청중 앞에서 자기가 쓴 섹스 장면을 기꺼이 낭독하는 용감한 작가들이 다수 참가했다. 청중이 보인 반응들은 다양했다. 폭소와 한숨도 있었고("으아아아" 하고 소리치거나 그 반대로 "아니, 세상에…… **이거 언제 끝나?**" 같은 반응), 말없이 몸서리치는 사람도 있었다(한 청중은 누군가의 낭독을 듣고서 내게 와서 말했다. "마리 앙투아네트가 그랬을 리가 없어요. **그랬을 리 없다고요!**").

세상에는 못 쓴 글이 유행처럼 흔하다. 못 쓴 글은 거의 모든 장르에서 찾아볼 수 있다. 하지만 살인자나 스파이, 요정이나 자존감 낮은 청소년을 소재로 한 글은 못 써 봤자 그저 지루할 뿐이지만, 섹스 장면을 엉망으로 써 버리면 **큰 웃음을 자아낸다.**

그렇다면 어떻게 해야 독자를 몰입하게 만드는 섹스 장면을 쓸 수 있을까? 기억에 남을까 무서운 끔찍한 구절을 보고 민망해져서 손발을 오그라뜨리며 바닥에 뒹굴거나, 배우자나 친구에게 달려가 이것 좀 읽어 보라며 깔깔대는 독자가 없게 하려면 어떻게 해야 할까?

그 비결이 궁금하다면 다음 장을 계속 읽어 보자.

제1장

캐릭터

좋은 섹스 장면을 만드는 핵심

소설 쓰기란 결국 캐릭터, 즉 등장인물을 창조해 내는 것이다. 섹스 장면도 예외는 아니다. 만약 당신이 쓴 소설의 주인공 이름을 아주 평범하게 딕과 제인으로, 혹은 미국의 전前 상원의원 해리 리드와 하원의장 낸시 펠로시로 바꾼다고 하자. 등장인물의 이름이 바뀌었는데도 소설 속 섹스 장면이 그다지 달라지지 않는다면, 당신이 쓴 글 자체를 다시 생각해 봐야 한다. 좋은 섹스 장면을 쓴다는 것은 특정한 **두 인물** 사이에서만 일어나는 개별적이면서도 고유한 장면을 만들어 내는 것이기 때문이다.

여기서 핵심은 자신이 창조한 캐릭터가 어떤 인물인지, 그리고 그 인물이 자기 앞에 닥친 상황에 어떻게 반응하는지(혹은 반응하지 않는지) 작가인 당신이 정확히 알고 있어야 한다는 점이다. 장르의 성격에 맞추어, 또는 편집자나 독자들의 요구에 따라 여기저기에 섹스 장면을 넣어야 한다는 (아주 강력한) 의무감을 느끼는 작가들을 이제껏 많이 보아 왔다. 하지만 그런 의무감은 떨쳐 내야 한다.

내 친구 중에는 오랫동안 역사 로맨스 소설을 써 온 작가가 있는데, 솔직히 자신의 장르를 그다지 좋아하지도 않았다. 그녀는 역사 자료를 조사하면서 그럭저럭 글을 써 왔지만, 책을 몇 권 읽고 아무리 노력해 봐도 '떡 신fuck scene(본인 표현이었다)'을 쓰는 것은 마냥 어려웠다고 했다. 그녀는 주인공들이 정사를 나누는 장면이 꼭 필요하다는 걸 절박하게 느끼면서도 최대한 미뤘다. 마침 옆집에는 역사 로맨스를 **정말** 좋아하는 애독자가 살고 있어서, 그녀는 이웃집 애독자에게 섹스 장면을 쓰는 것이 너무 끔찍하다며 징징거렸다. 결국 그 이웃은 자신이 **대신** '그 장면'을 써 주겠다고 내 친구에게 제안했고, 친구는 주저하면서도 그 제안을 받아들였다. 계약한 책을 마무리할 수 있는 유일한 방법이 그것뿐이라고 생각했기 때문이다.

이 상황은 모든 이에게 만족스럽게 해결되었다. 이웃집 애독자는 즐겁게 섹스 신을 써 주었고(그 사람 역시 작가이기는 했다. 비록 아직까지 출판된 책은 없지만 말이다.), 내 친구는 그 글을 받아 매끄럽게 다듬은 다음 자신의 소설에 적당히 어울리게 넣고 출판해서 인세를 벌었다. 내 친구와 이웃집 애독자, 출판사 모두가 행복해진 셈이다. 분명 그 책을 읽은 독자도 행복했을 것이다.

하지만 여기서 명심해야 할 점이 있다. 등장인물이 정말로 섹스를 하고 싶은지 아닌지 그들 마음을 결정하는 사람은 반드시 작가인 **당신**이어야 한다는 점이다. 등장인물은 섹스를 전혀 하고 싶지 않을 수도 있다. 만약 등장인물들이 그럴 마음이 없다면, 그들에게 억지로 정사를 나누게 하는 것은 그야말로 모두에게 고역이다. 개인적으로는 당신이 그러지 않기를 바란다. 이런 순간에는 그저 가만히 인물들의 말을 들어 보자. 그러면 그들은 섹스하고 싶은지 아닌지, 아니면 전혀 생각이 없는지, 나중에 하고 싶긴 하지만 당분간은 키스나 좀 할 마음인지 어떤지를 당신에게 들려줄 것이다.

섹스할지 말지 결정하는 것 말고도, 등장인물들은 **어떻게** 섹스할 것인지도 결정한다. 혹은 어떻게 섹스해야 하는지까지도 생각한다. 성관계는 가끔 비인격적으로 이루어질 때가 있다. 하지만 작가가 의도적으로 설정하는 상황이 아니라면, 인물들 사이의 성관계는 단순한 육체적 접촉이 아닌 감정적 접촉의 측면으로 다루어야 한다. (작가의 의도에 따라 상황을 설정할 수 있지만, 그래도 바라건대 당신도 그리고 당신이 만든 인물도 술집에서 아무하고나 나가서 원나이트를 하는 습관이 있지 않았으면 좋겠다.)

그렇다고 반드시 몇 페이지에 걸쳐서 등장인물의 감정에

치중해 장면을 묘사해야 한다는 뜻은 아니다. 감정을 쓸 때는 오히려 감정에 대해 말을 아낄수록 감정 자체가 글에 더 강하게 드러나게 된다.

인물을 묘사할 때 가장 효과적인 도구는 바로 대화임을 명심하자. 대화는 성적인 상황에서 두 사람 사이에 일어나는 감정의 교환을 묘사하는 가장 훌륭한 수단이다. 잘 만든 캐릭터는 침대에서도 대화를 나누는 법이다.

좋은 섹스 장면은 특정한 보디랭귀지를 사용한 대화 장면이라고 생각하는 방법도 있다. 물론 사람들이 섹스 중에 **항상** 대화를 하는 건 아니다. 그래도 행위 전에는 몇 마디 말을 나눌 때가 많지 않던가? 당신이 선택한 캐릭터, 그러니까 소설 속 장면을 경험하고 서술하는 관찰자로 선택한 인물은 보통 무언가를 생각하고 있다. 때로는 그 생각에 일관성이 전혀 없는 경우도 있다. 그리고 다른 사람과 함께 어떤 경험을 한 후에 의견을 교환하는 경우도 많다.

예시 1:
보디랭귀지를 곁들인 대화로 섹스 장면 쓰기

다음의 짧은 장면에서는 남편과 아내가 서로 헤어져 온갖 모험을 겪다가 서인도 제도의 배 위에서 재회한다.

"생각해 보니, 어쩌면 밤새 여기에 닻을 내려야 할지도 모르겠어요."

그는 나를 바라보며 생각에 잠긴 채 말했다.

"그래야 해요?"

"그리고 뭍에 가서 자요. 방이 있는 곳에서."

"방에서 뭐 하려요?"

나는 그를 수상쩍게 바라보며 물었다.

"음, 난 다 계획이 있으니까?"

그는 양손으로 얼굴에 물을 끼얹으며 말했다.

"무슨 계획이 있는데요?"

내가 묻자 그는 피식 웃으며 턱수염에서 물을 털고는 대답했다. 그의 말에는 대단한 기대감이 서려 있었다.

"난요, 몇 달간 지금 이 순간을 생각해 왔어요. 매일 밤, 우울하고 좁아터진 침대에 몸을 쪼그리고 자면서 선실 건너편에서 퍼거스가 잠꼬대를 하며 방귀를 뀌는 소리를 들었죠. 그때 난 생각하고 또 생각했어요. 당신을 만나면 이렇게 해야지. 다 벗은 채로 당신과 함께, 아무도 듣지 않는 곳에서, 당신을 즐겁게 해 줄 만큼 괜찮은 방에 머물러야겠다고요."

제이미는 양 손바닥으로 비누를 힘차게 문질러 거품을 내고서는 얼굴에 문질렀다. 나는 마음이 동해서 말했다.

"음, 난 하고 싶어요. 그리고 이미 방에 들어왔잖아요. 남은 건 벗은 몸인데……."

하지만 제이미는 확실하게 말했다.

"나한테 맡겨요. 다 계획이 있으니까. 알았죠? 난 당신을 데리고 둘만 있을 수 있는 곳으로 가서 퀼트 이불 위에 당신을 눕힐 거예요. 그리고 당신 옆에 앉아서 시작할 마음이에요."

"어, 그게 시작이로군요. 좋아요. 그다음은요?"

나는 침대 옆에 앉았다. 제이미는 몸을 가까이 붙이고 아주 섬세하게 나의 귓불을 물었다.

"다음은 말이죠, 당신을 내 무릎에 앉히고 입 맞출 거예요."

그는 설명을 잠시 멈추고 내 팔을 움직일 수 없도록 꽉 안았다. 족히 1분 후에 내가 다시 풀려났을 때는, 가볍게 부어오른 입술 위로 맥주와 비누, 그리고 제이미의 맛이 감돌았다.

나는 입가에서 비누 거품을 닦아 내며 말했다.

"1단계는 이쯤 하고요, 다음은 뭐죠?"

"다음에는 나도 퀼트 이불 위에 누워서, 손으로 당신의 머리카락을 틀어 올릴 거예요. 그리고 입술로 얼굴과 목덜미와 귀와 가슴을 맛볼 거예요. 당신이 간드러진 소리를 낼 때까지 계속할 생각이었어요."

"내가 무슨 간드러진 소리를 낸다고 그래요!"

"어, 진짜 내는데. 거기, 수건 좀 줄래요?"

제이미는 명랑하게 말을 이어 갔다.

"그다음에는요, 반대편에서 또 똑같이 입술을 더듬어 올라갈까 해요. 치마를 걷고 나서―"

제이미의 얼굴이 리넨 수건 사이로 사라졌다. 나는 완전히 마음이 동한 채로 재촉해 물었다.

"그다음에는요?"

"당신 허벅지 안쪽에 입 맞출 거예요. 아주 부드러운 살결에요. 턱수염이 허벅지 살갗에 느껴지면 더 좋겠죠?"

제이미는 곰곰이 생각하며 턱을 쓰다듬었다. 나는 약간 아득해진 채 대답했다.

"그렇겠죠. 하지만 당신이 할 일을 하는 동안 난 뭘 하죠?"

"음, 원한다면 살짝 신음해도 좋아요. 그럼 내가 더 달아오를 테니까요. 그것 말고는 그냥 가만히 누워 있어요."

하지만 말투를 들어 보니 별달리 달아오르게 할 필요는 없을 것 같았다. 제이미는 한 손으로는 축축한 수건을 잡고 가슴을 닦으면서, 다른 한 손은 내 허벅지에 얹었다. 몸을 다 닦은 다음엔 그 손이 내 엉덩이로 슬그머니 다가와 꽉 쥐었다. 나는 구약 성서의 「아가」를 인용해 이렇게 말했다.

"그가 왼팔로 내 머리를 고이고 오른팔로 나를 안는구나. 너희는 건포도로 내 힘을 돕고 사과로 나를 시원하게 하라. 내가 사랑하므로 병이 생겼음이라."

제이미의 수염 사이로 드러난 미소에 치아가 하얗게 번쩍였다. 그는 내 엉덩이를 한 손으로 꽉 쥐면서 말했다.

"사과보다는 자몽 크기인데요. 아니다, 박 크기네요. 자몽은 너무 작아."

"박이라고요?"

나는 기분이 확 상했다.

"음, 야생 박 중에는 아주 큰 것도 있거든요. 뭐, 그건 됐고, 다음으로 넘어가죠."

제이미는 내 엉덩이를 다시 쥐었다가 손을 떼고는 자기 겨드랑이를 닦았다.

"나는 등을 대고 누워서 당신 몸을 내 위에 길게 엎드려 놓을 거예요. 당신 엉덩이를 잡고 제대로 만질 수 있게요."

그는 씻다 말고 어떻게 제대로 만질 것인지 잠깐 손짓을 보여 주었다. 나도 모르게 숨을 헉 내쉬고 말았다. 제이미는 계속 몸을 씻으며 설명했다.

"그다음엔요, 그쯤에서 당신이 살짝 발버둥을 치거나, 아니면 엉덩이로 음란한 동작을 하면서 내 귀에 숨을 헐떡여 줘도 난 크게 개의치 않을 거예요."

"내가 언제 헐떡였다고!"

"아닌데. 헐떡이는데. 자, 그다음엔 당신 가슴에—"

"아, 드디어 가슴이 나왔군요. 까먹은 줄 알았어요."

그러자 제이미는 단호하게 말했다. 목소리가 참 쾌활했다.

"그럴 리가? 내 평생 그 가슴을 잊을 리 없다고요. 이제 당신의 드레스를 벗긴 다음에 슈미즈만 남겨 둘 거예요."

"난 슈미즈 안 입는데요."

제이미는 내 말을 덤덤하게 넘겼다.

"그래요? 뭐, 상관없죠. 원래는 얇은 슈미즈 면 사이로 당신 가슴을 빨 마음이었거든요. 그래서 젖꼭지가 입속에서 솟아오르게요. 그런 다음에 슈미즈를 벗기려고 했지만, 안 입어도 큰 문제는 없어요. 천 없이도 그럭저럭 할 수는 있으니까. 그러면 슈미즈가 없다는 걸 참작하고서 당신 가슴을 빨 거예요. 그래서 당신이 간드러진 소리를 내면—"

"내가 언제 간드러진 소리를—"

하지만 제이미는 내 말에 아랑곳하지 않았다.

"그다음엔 계획대로 당신이 다 벗는 거죠. 그리고 내가 차근차근 제대로 했다면, 아마 기꺼이 할 마음이—"

"아, 당연히 그렇겠죠."

난 얼른 대답했다. 내 입술은 아직도 첫 단계에서 받았던 자극으로 얼얼했다.

"그럼 당신 허벅지를 벌리고, 내 바지를 내린 다음에—"

그는 여기서 말을 멈추고 기다렸다. 나는 얼른 거들어 물었다.

"그다음엔?"

그러자 제이미의 미소가 더욱 커졌다.

"그다음엔 당신이 어떤 소리를 내나 같이 들어 봐야겠죠, 새서나흐."

『여행자Voyager』에서 발췌

예시 2:
지난 일과 닥칠 일을 알 수 있는 섹스 장면

이제 당신이 잘 봐 두어야 할 것이 있다. 다음 예시문은 대부분 대화로 이루어져 있지만 그 안에 신체 접촉의 단서가 '분명히 있다'는 점이다. 이 글에는 주변 환경에 대한 묘사가 전혀 없다. 사실 섹스 장면에서는 주변 환경이 중요한 경우가 거의 없는데, 그건 바로 당신이 시점을 공유하는 등장인물의 머릿속에 들어가 단단히 자리 잡고 싶어 하기 때문이다. 만약 당신이 화자로 택한 인물이 섹스라는 당면 과제에 집중하고 있다면, 러그 색깔이 무엇인지 따위에는 절대 신경 쓰지 않을 것이다. 그 위에 엎드려 있다면 또 모를까.

　"무슨 생각 해?"
　마침내 그가 물었다. 답을 듣고 싶은 걸까. 아니면 슈테판의 목소리가 듣고 싶은 걸까. 알 수 없었다.
　다행히도 슈테판은 여전히 눈을 감은 채로 미소를 지으며 커다랗고 따스한 손가락으로 그레이의 어깨선을 끌어당겼다. 그의 손가락은 이내 그레이의 손목을 그러잡았다.
　"내가 성 캐서린 축일 전에 죽을 확률이 얼마나 되나 생각하고 있었어."
　"뭐? 왜 죽어? 성 캐서린 축일은 또 언젠데?"

"3주 후야. 그때 게링 신부가 잘츠부르크에서 돌아와."

"아, 그래?"

슈테판은 그레이의 손목을 놓고서 눈을 떴다.

"내가 하노버로 돌아가서 펜슈터마허 신부에게 이 일을 고해 성사한다면, 아마도 1년 동안 매일 미사를 드리거나 트리어로 순례를 떠나야 할 거야. 하지만 게링 신부님은 그보다는 덜 까다롭거든."

"그렇구나. 그런데 고해 성사를 하기 전에 죽는다면—"

그러자 슈테판은 태연하게 말했다.

"당연히 지옥에 가겠지. 하지만 위험을 감수할 가치가 있다고 봐. 트리어까지 가는 길이 멀어서."

슈테판은 기침을 하고 목을 가다듬었다.

"그게, 네가 한 짓이야. 나에게."

슈테판은 그레이와 눈을 마주치려 하지 않았다. 그의 날카로운 턱선을 따라 볼이 붉게 물들었다. 그레이는 목소리에서 웃음기를 애써 지우려 했지만, 별 소용이 없었다.

"난 네게 많은 짓을 했어, 슈테판. 네가 말하는 건 정확히 어떤 짓이야? 혹시 이거야?"

그는 팔꿈치로 몸을 지탱하고는 앞으로 숙여 슈테판의 입술에 키스했다. 슈테판 폰 남첸의 입술이 닿을 때 감도는 작은 떨림이 즐거웠다.

물론 슈테판은 독일인이라, 그 나라의 열렬하다 싶은 관습에 따라 남자끼리 입을 맞출 때가 많았다. 하지만 이런 식으로 키스하지는 않았다.

그레이의 손바닥 아래로 슈테판의 넓은 어깨의 힘이 느껴졌다. 이윽고 어깨의 힘이 빠지면서, 힘이 서렸던 살집이 천천히 무너져 내렸다. 그에 따라 슈테판의 입술이 부드러워지며 그레이에게 굴복하고 말았다…….

"백 년 숙성한 브랜디보다 네가 더 좋아."

그레이가 속삭이자 슈테판은 깊은 한숨을 쉬었다.

"널 기분 좋게 해 주고 싶어. 넌 어떤 게 좋아?"

그는 그레이의 눈을 처음으로 마주 보며 짧게 말했다.

그레이는 말문이 막혔다. 물론 그의 선언이 감동적이기는 했지만, 그 말에 놀랐다기보다는 그 말에서 비롯된 온갖 상상들 때문이었다. 어떤 게 좋냐니?

결국 쉰 목소리로 말했다.

"다 좋아, 슈테판. 아무거나 다 좋아. 그러니까, 널 만지는 것도 좋고, 그냥 보고만 있어도 기분 좋아."

그 말을 듣자 슈테판의 입술이 미소를 그렸다. 그는 확실한 목소리로 그레이에게 말했다.

"얼마든지 봐. 그래도 널 만지게 해 줄 거지?"

그레이는 고개를 끄덕였다.

"아, 물론이지."

"좋아. 하지만 내가 알고 싶은 건, 어떻게 해야 제일 좋을까야."

그는 손을 뻗어 반쯤 발기된 그레이의 음경을 쥐고는 날카로운 눈빛으로 살폈다.

"어떻게라니?"

그레이의 목소리가 갈라져 나왔다. 갑자기 머릿속에서 피가 싹 사라지는 기분이었다.

"그래. 내가 이걸 입에 넣어야 하나? 하지만 그런 다음 어떻게 해야 하는지 모르겠어. 그러니까, 제대로 하려면 말이야. 나름의 기술이 있어야 할 것 같은데, 나는 잘 몰라. 그리고 넌 아직 준비가 덜 된 것 같은데?"

그레이는 뭐라 말을 하려 했다. 보아하니 준비가 덜 되었던 상황은 빠르게 준비가 되고 있었다. 하지만 슈테판은 그의 중심을 부드럽게 쥐면서 말을 이어 갔다.

"내가 내 분신을 네 엉덩이에 넣는 식으로 하면 더 간단할 거야. 난 준비가 되었고, 이렇게는 확실히 할 수 있어. 이건 내, 그러니까 여자들과 할 때와 아주 비슷하니까."

"난…… 그래, 넌 할 수 있을 거야."

그레이의 목소리가 다소 가냘프게 나왔다.

"하지만 내가 그렇게 하다가 널 다치게 할지도 몰라."

슈테판은 그레이의 음경을 놓더니 이젠 자신의 음경을 잡고 눈살을 찌푸리며 크기를 비교해 보았다.

"처음에는 아팠어. 네가 나한테 할 때. 나중엔 괜찮아졌지만. 난 아주 좋았거든."

그는 급히 말을 덧붙여 그레이를 안심시키고는 다시 말했다.

"하지만 처음엔 아팠다고. 그리고 난…… 좀 크잖아."

그레이는 입이 바짝 말라서 말하기가 힘들었다.

"그…… 좀 그렇지."

간신히 말이 나왔다. 그레이는 방금 발기한 슈테판의 음경을 슬쩍 바라보다가 눈길을 떨구었다. 그리고 천천히 다시 눈을 들었다. 마치 자석에 달라붙는 쇠처럼 눈길이 끌려갔다.

아프겠지. 아주 많이. 적어도…… 처음에는…….

그레이는 침을 꿀꺽 삼켰다.

"그러니까…… 만약에…… 네가……."

"처음에는 아주 천천히 할게. 그럴게."

슈테판은 미소를 지었다. 구름에 가려졌던 태양이 나오듯 갑자기 얼굴이 환해졌다. 그는 전에 사용했던 커다란 쿠션에 손을 뻗었다. 그리고 쿠션을 아래로 던져 평평하게 매만졌다.

"이리 와. 엎드려. 윤활을 해 줄게."

그레이는 전에 슈테판을 뒤에서 안은 적이 있었다. 이러면 슈테판이 덜 민망해할 거라고 생각해서였다. 그리고 그레이도 뒤에서 하면서 슈테판의 넓고 매끈한 등과 튼튼한 허리, 근육질 엉덩이가 완전히 자신에게 함락당하는 모습을 즐겼다. 그 기억을 떠올리자 어쩐지 아찔해졌다.

"그렇겐 하지 말자."

그레이는 쿠션을 다시 침대 헤드보드에 갖다 놓고는 침대에 올라가 어깨를 쿠션에 단단히 기댔다.

"내가 봐도 된다며."

서로 마주 보는 자세로 하면 자신에게도 나름의 주도권이 있을 것이다. 적어도 심각한 부상을 피할 수는 있겠지. 슈테판이 열정에 사로잡힌 나머지 조심성이 사라졌을 때가 온다면 말이다.

나, 미친 걸까. 그레이는 속으로 중얼거리며 침대보에 손바닥 땀을 닦았다. **이럴 필요 없잖아. 알면서. 좋아하지도 않으면서……. 맙소사, 일주일은 그 느낌이 가시지 않을 것 같군. 설령 슈테판이…….**

"아, 제길!"

슈테판은 깜짝 놀라 접시에 기름을 붓다 말고 동작을 멈추었다.

"난 아직 시작도 안 했는데. 너 괜찮아?"

그는 작게 눈살을 찌푸리고는 다시 물었다.

"너…… 이거 해 본 적 있어?"

"응. 있어, 난…… 괜찮아. 그냥…… 좀…… 기대가 돼서."

슈테판은 몸을 앞으로 숙이고는 아주 부드럽게 그레이에게 키스했다. 슈테판은 정말이지 빨리 배웠다. 잠시 후 몸을 젖힌 그는 그레이의 몸을 내려다보았다. 그리고 어떻게든 몸을 제어해 보려 해도 눈에 띄게 바들바들 떨고 있는 그레이의 몸을 바라보며 살짝 미소를 지은 채 고개를 저었다. 이윽고 슈테판은 작게 혀를 차더니 그레이의 머리에 손을 가져가 한 번, 다시 또 한 번 그를 쓰다듬었다. 부드럽게 그를 어르는 행동이었다.

슈테판은 경험도 적고, 기술도 없고, 타고난 몸짓 같은 것도 별로 없는 게 사실이었다. 하지만 그레이가 잊고 있는 게 하나 있었다. 슈테판은 말을 타는 기수이자 개를 사육하고 훈련하는 사람이라는 점이다. 굳이 말로 하지 않아도 동물이 어떻게 느끼는지 그는 잘 알고 있었고, 그 점은 사람에게도 통했다. 그리고 그는 '천천히' 할 줄 알았다.

『스코틀랜드 죄수』에서 발췌

자, 어떻게 써야 하는지 감이 좀 잡히는가? 위 예시문에서는 키스 말고는 성적 접촉이나 행위가 **전혀** 없었다. 그렇지만 이 장면은 엄연한 섹스 신이다. 나는 게이 캐릭터 만드는 법을 다루는 작가 강연에 패널로 참여해 이 장면을 발표한 적이 있다. 그때 청중의 반응을 보고 이 방법이 꽤 효과적이라는 것을 깨달았다.

위 장면에는 두 사람 사이에 '일어났던' 일이 자세하지는 않아도 정확하게 묘사되어 있다. 그리고 '앞으로 일어날' 일에 대해서도 언급이 된다. 그런데 잘 생각해 보자. 우리가 여기서 정말로 보고 있는 것은 무엇인가? 무엇이 중요한가?

이 장면에서 중요한 것은 전에 일어났던 일도, 앞으로 일어날 일도 아니다. 캐릭터 사이의 불안정한 정서와 미묘하게 형성되는 상호 간의 신뢰다. 그 점이야말로 중요하다.

효과적인 대화의 규칙

좋은 장면과 마찬가지로, 좋은 대화에도 한 가지 이상의 목적이 있게 마련이다. 적어도 대화마다 분명한 목적이 하나씩은 있어야 한다. 글을 쓸 때 그 목적을 항상 염두에 둘 필요는 없지만, 그래도 작성한 글을 읽었을 때 특정 요소(즉, 주고받는 대화나 설명 부분이나 플롯의 요점 등)를 가리키며 왜 이 요소가 여기 있는지 그 의도를 명확하게 말할 수 있어야 한다. 나는 종종 특정 장면이 왜 갑자기 튀어나왔는지 모르겠을 때가 있지만, 다시 글을 읽어 보면 이 장면이 왜 여기 있는지를 확실하게 알 수 있다.

그러니 대화를 읽었을 때 이 대사가 왜 여기 있는지 정확히 말할 수 없다면 대사를 삭제하거나 바꿔 보자.

다음은 좋은 대화를 구성하는 데 도움이 되는 몇 가지 일반적인 패턴들이다.

대화의 목적

1. 등장인물을 드러내기 위해
2. 관계를 발전시키거나 드러내기 위해
3. 긴장을 조성하거나 완화하기 위해
4. 완급 조절을 위해
5. 이야기를 진전시키기 위해
6. 등장인물이 알아야 할 정보를 밝히기 위해♦(독자가 알아야 할 내용이 있다고 무조건 대화를 써서 풀어서는 안 된다.)

원칙: 대화를 쓰는 규칙

1. 문장을 짧게 쓴다.
2. 단락을 짧게 쓴다.
3. 누가 무엇을 말하고 있는지 분명하게 알려 준다 (대화 사이사이에 짧게 "그가 말했다", "그녀가 비명을 질렀다", "그가 울부짖었다", "그들이 한목소리로 외쳤다" 같은 표현을 사용해 보자. 또는 대화에 보디랭귀지를 묘사해도 좋다).

♦ 가장 이상적인 대화는 정보를 드러내는 것 이상의 목적이 있는 대화다.

예: 누가 무엇을 말하는지 분명하게 알려 주는 대화

제이미는 무기 담당 부사관의 마차 옆에 서 있었다. 팔에는 아먼드가 방금 준 온갖 잡동사니가 한가득이었다. 피부는 우유처럼 하얬고, 이리저리 흔들리는 몸은 오Awe 호숫가에서 자라는 갈대 같았다. 이안은 세 걸음 만에 제이미에게 다가가 그가 넘어지기 전에 팔을 붙잡았다.

"이안."

그를 본 제이미가 어찌나 안심하던지, 이안은 이러다 그가 울지도 모른다는 생각이 들었다.

"맙소사, 이안."

이안은 제이미를 끌어안았다. 제이미의 셔츠 아래로 붕대가 감겨 있는 것을 느낀 순간, 제이미의 몸이 확 굳어지더니 동시에 숨을 훅 들이키는 것이 느껴졌다.

"맙소사!"

이안은 흠칫 놀라더니 기침을 하고서 말했다.

"맙소사, 야, 이렇게 보니까 참 좋다."

그는 제이미의 등을 부드럽게 두드린 다음 놓아주었다.

"너 뭘 좀 먹어야겠어, 응? 가자."

『무경험자들Virgins』에서 발췌

4. "누가 말했다"라는 표현을 피하려고 안달하지는 말자. "말했다"라는 건 기본적으로 대화를 나눴다는 말이니 나쁠 게 없다. 그 자체로는 그다지 주의를 끌지 않는 존재감 없는 단어일 뿐이다. 그런데 "말했다"를 안 쓰려고 다른 동사를 쓰면, 독자들은 오히려 그 동사에 눈이 팔린다. 그래서 남주인공이 "이를 악물었다"라는 표현을 보고서 대체 무엇 때문에 이를 악물었을까 딴생각을 하게 되고, 정작 남주인공이 한 말에는 관심을 기울이지 않게 되는 것이다.♦ 그러니 남주인공이 어떻게 말했는지 정확하게 표현할 필요가 없는 경우라면 이런 표현은 쓰지 말자. 예를 들어, "그는 바람 소리에 목소리가 묻히지 않으려고 소리쳤다"라는 문장을 썼다고 하자. 이것은 괜찮다. 그가 정말로 소리를 질렀으므로 독자는 그 사실을 알아야 한다. 그러나 "그는 바람 소리에 목소리가 묻히지 않으려고 말했다"라고 쓰면 어딘가 좀 이상해 보인다. 그러니 여기에선 "소리쳤다"

♦ 보통 사람들은 이를 악물고 말하거나 자기 말을 단언하는 일이 잘 없다. 그렇지 않은가? 법정에 선 변호사나 증인이 아니고서야 자기 말을 단언하는 사람이 얼마나 될까?

라는 표현이 더 적절하다.

5.   대화에서는 배경 설명을 하지 말자. ("아시다시
     피, 밥, 당신 아버지인 국왕 폐하께서……" 이렇게
     설명이 덧붙여지면 지루하다.)

6.   누가 말하는지, 누구에게 말하고 있는지 항상 신
     경 쓰자. 누가 무슨 말을 하는 건지 알려 주지도
     않고 긴 대화를 써 나가면 독자들은 혼란에 빠진
     다. 독자가 어리둥절해하는 상황을 원하는 작가
     는 없을 것이다. 물론 대화 끝부분마다 누가 말
     했다, 누가 비명을 질렀다, 하고 일일이 설명하
     라는 얘기는 아니다. 그렇지만 이 부분에서 말하
     는 사람이 누군지 독자가 알아차릴 정도는 되어
     야 한다. 경험상, 화자가 누구인지 설명하지 않
     아도 이해할 수 있는 대화 횟수는 네 번이었다.

7.   관용적 표현이나 사투리, 특징적인 감탄사 등을
     사용하여 인물의 성격이나 지리적 배경, 사회 계
     층, 시대 등을 구분 짓자. 짧게 예를 들자면, 제
     2차 세계 대전에 참전한 종군 간호사라면 짜증
     이 날 때마다 "예수고 루스벨트고 알 게 뭐야!"라
     고 소리 지를 수 있고, 스코틀랜드 하일랜드 출

신의 남편이라면 "아, 그래, 어디 또 멋대로 굴어 봐, 새서나흐!"라는 말을 즐겨 쓸 수 있다. 이렇 듯 각 인물의 말투에 특징이 드러나면 누가 누군지 헷갈리지 않는다. (여기서 자세히 설명하지는 않겠다. 관용적 표현이나 등장인물을 구분 짓는 특징을 대화에 드러내는 법을 이야기하려면 두 시간짜리 세미나를 열어야 한다. 그리고 섹스 장면을 쓸 때 이것이 중요한 것도 아니다. 어쨌든 지금 배운 것만이라도 꼭 명심하자.)

8. 대화문에서는 서술의 균형을 잡자. 대화가 끝도 없이 길게 늘어지지 않도록 하자.♦

9. 등장인물이 의미 없는 말을 늘어놓지 않도록 하자. 등장인물들은 할 말이 있을 때만 말해야 한다.

10. 신체 동작을 묘사할 때는 대화를 끼워 넣어 방해하지 말자.♦♦

♦ 마누엘 푸익 같은 대단한 천재가 아니라면, 대화를 길게 쓰면 안 된다. 마누엘 푸익은 대화를 통해 강렬한 움직임과 에로틱한 섹스 장면을 연출해 냈다. 그의 작품 『거미여인의 키스』는 책 전체가 대화로 이루어져 있다. 강력히 추천하는 바다!

♦♦ 사실 이것은 섹스 장면에 통용되는 규칙은 아니다. 섹스 장면의 신체 동작 묘사는 대화와 아주 잘 어우러져야 장면이 훨씬 더 풍성해지기 때문이다.

예시 3:

대화와 신체 동작의 통합

그의 손이 나의 엉덩이를 움켜쥐고서 내 몸을 위쪽으로 들어 내 안에 들어오려 했다.

"아직은 어림도 없어요."

나는 속삭이면서 하반신을 아래로 눌러 굴렸다. 그리고 내 배 아래에 갇힌 비단결처럼 부드러우면서도 뻣뻣한 것의 감촉을 즐겼다. 그는 숨죽인 소리를 냈다.

"우리는 몇 달 동안 제대로 사랑을 나눌 공간도, 여유도 없었어요. 그러니 이제는 느긋하게 하자고요, 알겠죠?"

"새서나흐, 갑자기 그런 말을 하면 어떡해요."

그는 내 머리카락에 대고 속삭였다. 그리고 내 아래에서 꿈틀대며 다급하게 위쪽으로 몸을 밀어 대더니 이렇게 물었다.

"일단 한 다음에, 이어서 느긋하게 하면 안 될까요?"

"아뇨. 그럴 순 없어요. 자, 천천히. 움직이지 말고."

나는 단호하게 말했다. 그는 목구멍으로 가르랑거리더니 한숨을 내쉬고는 힘을 빼고서 손을 옆으로 떨구었다. 내가 그의 몸 아래로 꼼지락대며 내려가자, 그는 숨을 헉 들이쉰 다음 내 입술을 그의 유두로 이끌었다.

나는 그의 자그마한 젖꼭지를 혀로 섬세하게 희롱하며 유륜 주위에 난 체모를, 곱슬거리는 갈색 털의 거칠거칠한 느낌을 만끽했다. 내 아래에 깔린 그의 몸에 힘이 들어갔다. 나는 그의 팔뚝을 손으로 가만히 잡고 움직이지 못하게 한 다음 혀 놀림을 계속하며 부드럽게 깨물고 빨고 튕겨 댔다.

몇 분 후, 고개를 든 나는 머리카락을 뒤로 넘기며 물었다.

"방금 뭐라고 했어요?"

제이미는 한쪽 눈을 뜨더니 알려 주었다.

"성모송을 외웠어요. 이걸 참으려면 그 수밖에 없으니까."

그는 눈을 도로 감고 라틴어 기도문을 다시 외웠다.

"아베 마리아 그라티아 플레나Ave Maria Gratia Plena……."

나는 피식 웃고서 이젠 다른 쪽 유두로 넘어갔다. 그리고 혀 놀림을 마친 후 고개를 다시 들고서 물었다.

"지금 제정신이 아니네요. 방금은 주기도문을 쉬지도 않고 세 번이나 읊은 거 알아요?"

"지금 내가 뭘 제대로 외우기라도 했다니, 그게 더 놀라운데 요."

그는 눈을 감은 채로 말했다. 광대뼈가 송송 맺힌 땀으로 번 들거렸다. 점점 더 긴장한 입술이 움직였다.

"이젠 해도 돼요?"

"아직 안 돼."

나는 고개를 더 아래로 내렸다. 그리고 충동적으로 그의 배 꼽에 입술을 대고 숨을 푸, 불었다. 그는 몸을 움찔거리더니 깜 짝 놀란 채로 이상한 소리를 내뱉었다. 아무리 들어도 웃음소리 같았다.

"하지 말아요!"

그가 소리쳤다.

"하고 싶으면 할 건데."

난 아랑곳하지 않고 다시 숨을 불어 넣고서 말했다.

"당신 몸에 이러니까 꼭 브리 같은 소리가 나네요. 걔가 아기였을 적에 배에다 대고 많이 해 줬거든요. 브리는 좋아했는데."

그러자 그는 약간 짜증스럽게 말했다.

"어휴, 나는 아기가 아니잖아요. 보면 모르겠어요? 정 하고 싶으면 최소한 좀 더 아래에 해 주든지. 네?"

난 시키는 대로 했다.

나는 그곳의 새하얀 피부에 감탄하며 말했다.

"당신 허벅지 위쪽에는 털이 하나도 없네요. 여긴 왜 이런 걸까요?"

그는 이를 악물고 대답했다.

"지난번에 암소가 날 빨면서 다 뽑아 먹었으니까 그렇죠. 아, 제발, 새서나흐!"

나는 웃으면서 하던 일을 계속했다. 마침내 일을 마치고서, 나는 몸을 들어 팔꿈치로 지탱했다. 그리고 머리카락을 얼굴에서 걷어 내며 말했다.

"이 정도면 된 것 같아요. 하지만 마지막 몇 분간은 '오, 주님'만 계속 불러 대던데요."

그러자 신호를 받았다는 듯이 그는 몸을 벌떡 일으키더니 나를 침대에 돌려 눕히고는 온몸을 다 실어 눌렀다.

"방금 일을 후회하게 될 거야, 새서나흐."

그는 음울한 만족감이 어린 목소리로 말했다.

나는 전혀 후회하는 기색 없이 활짝 웃었다.

"정말?"

그는 눈을 가늘게 뜨고 날 노려보았다.

"느긋하게 하자고 했지? 내가 다 끝내기도 전에 당신이 제발 빨리해 달라고 빌게 될 거야."

나는 시험 삼아 그의 손에 잡힌 손목을 빼 보았지만, 단단히 잡힌 손은 빠지지 않았다. 기대감에 사로잡힌 나는 그의 몸 아래에서 살짝 꿈틀대며 말했다.

"아, 그럼 제발 부탁드려요, 이 짐승아."

그는 피식 웃더니 고개를 숙였다. 그리고 연녹색 물빛 속의 진주처럼 하얗게 드러난 나의 가슴골로 다가갔다.

나는 눈을 감고 베개에 몸을 맡겼다. 그리고 라틴어로 주기도문을 속삭였다.

"파테르 노스테르, 퀴 에스 인 코일리스Pater noster qui es in coelis……."

우리는 저녁 식사에 아주 느지막이 참석했다.

『여행자』에서 발췌

11. 대화는 진공 상태에서 물체가 똑같은 속도로 낙
    하하듯 같은 속도로 전개되는 것이 아니다. 대화
    는 속도를 빠르게 하거나 늦출 수 있다는 점에서
    아주 모순적이다.

문맥에 따라

어떤 대화는 그 자체로 아주 극적이지만, 어떤
대화는 주로 정보를 제공하거나 줄거리를 알려
주는 역할에 그치기도 한다.

밑그림의 존재 여부에 따라

밑그림이란 세심하게 만들어 둔 설정이나 보디
랭귀지를 대화에 두드러지지 않으면서도 자연
스럽게 가미하는 방법이다. 이렇게 하면 장면에
입체감과 몰입감이 생긴다. (자세한 내용은 뒤에
서 더 다루겠다.)

제2장

용어

문제의 그것을 무엇이라 불러야 할까

섹스 장면 쓰는 법을 주제로 워크숍을 열기 위해 강의 자료를 작성하면서, 나는 온라인상의 지인들에게 이 워크숍에서 정말로 다루었으면 좋겠는 궁금한 사항들을 미리 질문으로 받아 보았다. 그러자 여러 질문이 나왔는데 다음의 두 가지 질문이 가장 많았다.

1) "발딱 선 고추"라는 흔히 아는 평범한 표현을 그냥 쓰면 안 되나요?
2) 남성이나 여성의 생식기를 일컬을 때 가장 '불쾌하지 않은' 단어는 뭘까요? 장난이 아니라 진심으로 알고 싶어요. 이제껏 그런 워크숍에 가서 쭉 나열된 성기 묘사 용어를 보고 있으면 절로 얼굴이 찌푸려지더군요.

꼭 이런 단어를 써야 하나 싶은 생각밖에 안 들더라고요. 무슨 19세기 빅토리아 시대 시처럼 쓸데없이 길고 온갖 미사여구가 붙은 진부한 표현 말고, 그냥 남자가 여자의 성기를 말하거나 여자가 남자의 성기를 말할 때 쓸 만한 표현이 없을까요?

나의 대답

여기에는 절대적인 답이 없다. 상황에 따라 달라지기 때문이다. 하지만 일반적으로 보자면…….

"발딱 선 고추"라는 말은, 이것이 발기를 가리키는 표현이니 언제든 써도 된다고 여기기보다는 특정 역사나 문화적 맥락에서 사용 가능하다 정도로 생각하는 게 좋다.

예를 들어, 18세기나 19세기의 영미권 남성이라면 자신의 성기를 "양물member"이라고 부르는 게 전혀 이상할 게 없다. ('양물'이라는 단어를 보니 『남색과 해적 전통: 17세기 카리브해Sodomy and the Pirate Tradition』라는 역사책이 생각난다. 거기에는 또 다른 단어도 등장하는데, 카리브해의 해적들은 자신의 성기를 가리켜 '야드'*라는 표현을 썼다고 한다. 사실 야드

---

* Yard, 0.9미터를 가리키는 단위.

가 흔히 말하는 1미터 가까이 되는 단위를 뜻하는지 아니면 또 다른 뜻인 돛의 활대를 가리키는지 알 수 없지만, 어쨌든 자신의 성기를 가리켜 '야드'라고 부르는 것은 대단히 무모한 낙관주의의 끝을 보여 준다 하겠다. 하긴 남을 약탈하는 해적이 되려면 그 정도 배짱은 있어야 할 것이다.)

그러므로, 몇백 년 전에는 혈액이 극도로 몰려 괴로워하던 남자는 자신의 팽창한 '양물'을 조심스럽게 만지거나, 끝내는 동료가 그의 부풀어 오른 '양물'을 손으로 잡고 도와줬을 때 안도의 한숨을 내쉬었을 것이다. 그때를 배경으로 하는 글에서는 이상할 게 없는 표현이다. (적어도 나는 그렇게 생각한다.) 하지만 여러분이 현대 배경에서 "그녀는 남자의 부풀어 오른 양물을 벨벳 같은 입술로 머금었다"라고 쓴다면…… 별로 어울리지 않을 것이다.

A: 음경 (부디 그 음경이 제대로 선 상태이길 바라며……)

생식기 용어에 대해 다시 말하자면, 그건 주로 문맥을 따져 봐야 하는 문제다. 앞의 글에서는 '고추'라는 표현이 나왔다. 남성의 생식기를 가리키는 흔한 용어지만, 솔직히 섹스 장면에서 언급되는 경우는 드물다. 남자가 보기에는 성적인 의미가 거의 없는 용어나 마찬가지다. (이와 비슷하게 남자들이 흔히 사용하는 용어로는 손잡이crank 정도가 있다.) 내가 알기로 유대인은 "머저리putz"나 "남근schlong"이라는 말도 쓰는데, 이런 말을 쓰는 사람은 유대인일 뿐만 아니라 자신의 그곳을 성적 의미를 담아 언급하고 싶은 마음이 전혀 없다는 인상을 준다. 말을 아주 이상하게 하는 사람이 아니라면 모를까. 그러니까, 유대인이라면 "어이, 예쁜아, 와서 내 남근 좀 빨아 줘"라는 말 같은 건…… 안 한다는 뜻이다. 다시 말해, 독자들이 섹스 장면에 등장하는 두 인물 모두를 긍정적으로 바라보거나 두 사람의 감정에 공감하고 빠져들기를 바라는 일반적인 섹스 장면이라면 이런 식의 적나라한 표현은 나오지 않는다. (하지만 '끔찍한 섹스'에서라면 상황이 또 다르다. 뒤에서 관련 항목을 참고하길 바란다.)

　내가 강력히 추천하는 멋진 작가인 제임스 리 버크의 작품을 보면, 언제나 남성의 성기를 "음경phallus"이라고 부른다. 이건 아주 올바른 단어인 데다 비속어도 아니지만, 이 표현을 볼 때마다 나는 살짝 놀라곤 한다. 음경이란 말을 사용하는 남자를 실제로 만나 본 적이 한 번도 없기 때문이다. 하지만 우리는 여기서 캐릭터를 따져 봐야 한다. 버크가 화자로 삼는 인물은 대부분 데이브 로비쇼라는 미국 루이지애나 출신 법률가인데, 그는 매우 정중한 언어를 구사하는 성숙한 중년 남성이다. 그러니 음경이라는 용어는 로비쇼가 쓰기에 딱 맞는 적합한 표현이다. 하지만 다른 남자가 쓰면 상당히 이상해질 수 있다.

남자의 그것을 가리키는 여러 가지 표현들

다음은 남성의 성기를 지칭하는 용어를 최대한 간략하게 정리한 것이다……. 읽다 보면 좀 피곤해질지도 모르겠다.

영어식 성기 표현 *

Adolph	아돌프
albino cave dweller	알비노 동굴 거주민
baby arm	아기 팔뚝
baby-maker	아기 제조기
baloney pony	꼬마 볼로냐 소시지
beaver basher	음부용 방망이
beef whistle	쇠고기 피리
bell on a pole	딸랑딸랑 장대
bishop	비숍
Bob Dole	밥 돌

* 한국식 성기 표현은 부록에 별도로 수록하였다.

broomstick	빗자루
braciole	브라촐레(구운 송아지 고기)
bratwurst	브라트부르스트(독일 소시지)
burrito	부리토
candle	촛대
choad	거시기
chopper	중식도
chub	원통
chubby	통통이
cock	자지
cranny axe	구멍 도끼
cum gun	정액 총
custard launcher	크림 발사 장치
dagger	단도
deep-V diver	샅골 아래 깊숙한 거기
dick	고추
dickie	고추
ding dong mcdork	덜렁덜렁 얼간이
dink	드롭 샷
dipstick	계량봉

disco stick	디스코 스틱
dog head	개 머리
dong	음경
donger	음경이
dork	얼간이
dragon	드래건
drumstick	드럼스틱
dude piston	피스톤 녀석
Easy Rider	잘하는 놈
eggroll	에그롤
Excalibur	엑스칼리버
Fang	송곳니
ferret	흰 담비
fire hose	방화 호스
flesh flute	가죽 피리
flesh tower	가죽 탑
Frodo	프로도
fuck rod	씹자루
Fudgsicle	초콜릿 맛 하드
fun stick	펀 스틱

Gigi	장난감
groin	사타구니
heat-seeking moisture missile	열 추적 수분 미사일
hog	살찐 돼지
hose	호스
jackhammer	공압 드릴
Jimmy	지미
John	존
John Thomas	존 토머스
johnson	존슨
joystick	조이스틱
junk	쓰레기
kickstand	받침다리
King Sebastian	세바스티앙 왕
knob	손잡이
Krull the Warrior King	전사 왕 크룰
lap rocket	다리 사이 로켓
leaky hose	새는 호스
lingam	남근상

Little Bob	꼬마 밥
Little Elvis	꼬마 엘비스
lizard	도마뱀
Longfellow	우월한 녀석
love muscle	러브 머슬
love rod	사랑의 작대기
love stick	러브 스틱
Luigi	루이지
manhood	남성성
mayo-shooting hot-dog gun	마요네즈 뿜뿜 핫도그 건
meat constrictor	고기 압착기
meat injection	고기 주입기
meat Popsicle	고기 하드
meat stick	고기 스틱
meat thermometer	고기 온도계
member	음경
meter-long King Kong dong	1미터 킹콩 음경
microphone	마이크
middle stump	가운데 그루터기

moisture-and heat-seeking venomous throbbing python of love	축축하고 따뜻한 곳을 찾아가는 불끈불끈 사랑의 구렁이
Mr. Knish	크니쉬 씨
mushroom head	버섯 머리
mutton	양고기
nether rod	아래 막대기
old boy	동창
old fellow	녀석
old man	아버지
one-eyed monster	외눈박이 괴물
one-eyed snake	외눈박이 뱀
one-eyed trouser snake	외눈박이 바지 뱀
one-eyed wonder weasel	놀라운 외눈박이 족제비
one-eyed yogurt slinger	외눈박이 요거트 발사기
pecker	곡괭이
Pedro	페드로
pee pee	병아리
Percy	퍼시
Peter	피터

Pied Piper	피리 부는 남자
pigskin bus	돼지가죽 버스
pink oboe	핑크 오보에
piss weasel	오줌싸개 족제비
piston	피스톤
plug	플러그
poinswatter	포인스와터
Popeye	뽀빠이
pork sword	돼지고기 검
prick	찌르개(음경)
private eye	은밀한 구멍
private part	은밀한 부분
purple-headed yogurt flinger	보라 대가리 요거트 발사기
purple-helmeted warrior of love	보라색 헬멧을 쓴 사랑의 전사
quiver bone	진동 뼈
Ramburglar	램버글러
rod	막대기
rod of pleasure	쾌락의 막대기
roundhead	둥근 머리

sausage	소시지
schlong	남근
schlong dongadoodle	남근
schmeckel	작은 멍청이 새끼
schmuck	멍청이
shmuck	멍청이
schnitzel	슈니첼(독일식 커틀릿)
schwanz	슈반츠(독일어로 꼬리라는 뜻)
Schwartz	슈바르츠
sebastianic sword	세바스티앙의 검
shaft	손잡이
short arm	짧은 팔
single-barreled pump-action bollock yogurt shotgun	단신 펌프 연사식 요거트 엽총
skin flute	살가죽 피리
soldier	군인
spawn hammer	씨물 망치
steamin' semen truck	열나는 정액 트럭

stick shift	수동 변속기
surfboard	서핑 보드
tallywhacker	대형 4륜 녀석
tan banana	그을린 바나나
tassle	장식 술
third leg	세 번째 다리
thumper	대물
thunderbird	천둥새
thunder sword	천둥 검
tinker	땜장이
todger	자지
tonk	몸짱
tool	연장
trouser snake	바지 뱀
tube steak	튜브 스테이크
twig (& berries)	가지(랑 열매)
Twinkie	트윙키
vein	정맥
wand	지팡이
wang	자지

wang doodle	거시기
wanger	자지
wee wee	오줌길
whoopee stick	야호 스틱
wick	심지
wiener	비엔나 소시지
wiener schnitzel	비엔나 슈니첼
willy	고추
wing dang doodle	거시기
Winkie	윙키
yingyang	음양
yogurt gun	요거트 총

여러 문화권에서 남자의 성기를 이르는 표현◆ ◆◆

앞에서 언급한 것처럼, 당신은 시대에 따라 또는 문화
적 맥락에 따라 남자의 성기를 지칭하는 표현을 적절하

게 써야 한다. 각 문화권에 알맞는 표현을 쓰고 싶다면 외국어 속어들을 잘 알아 두면 도움이 된다. 예를 들어, 프랑스어 "꼬리queue"는 남자의 성기를 뜻하는 속어다.

나무 아래로 무시무시한 침묵이 흘렀다. 길에서 낮은 목소리가 들려왔다. 선장과 마티외가 서로 이야기하는 소리 위로 그와는 아주 다른 어조의 목소리가 들렸다. 르노 신부가 계속해서 "인 노미네 파트리스, 엣 필리이In nomine Patris, et Filii……"라고 중얼대는 소리였다. 이안은 제이미의 팔에 소름이 돋아나는 모습을 보았다. 제이미는 손바닥을 킬트 위로 문질렀다. 아직도 성유가 미끈거리는 느낌이 들었나 보다.

제이미는 더는 참고 들을 수가 없어서 아무렇게나 몸을 돌려 빅 조르주를 바라보았다. 그리고 눈썹을 치켜뜨며 물

♦ 페니스penis는 원래 라틴어로, 복수형은 penes다. 나는 수컷 뱀과 도마뱀이 한 쌍의 생식기hemipenes, 즉 두 개의 성기를 가졌다는 흥미로운 사실을 배우면서 페니스의 복수형을 정확히 이해하게 되었다. 뱀의 성기는 이중 딜도 장치처럼 생겼다. 궁금한 사람은 구글 검색창에 "구렁이 생식기 사진corn snake hemipenes image"이라고 입력해 보라.
♦♦ 암컷 뱀들도 두 갈래로 갈라진 음경을 받아들이는 구조를 갖추었다. 뱀 특유의 이 생식기를 헤미페니스 상동 기관이라고 한다. 상상력이 부족한 데다 성적 편견까지 갖춘 파충류 학자들 때문에 이런 이름이 붙은 것 같다.

었다.

"쾨queue라고 하지? 거시기를 부르는 말, 맞지?"

빅 조르주는 비뚜름한 미소를 애써 지었다.

"그럼 너희는 뭐라고 부르는데? 게일어로는 뭐냐?"

"봇bot이라고 해."

이안은 어깨를 으쓱이며 대답했다. 물론 다른 단어도 있긴 하지만, 클리피드* 같은 말을 쓸 마음은 들지 않았다.

"그냥 보통은 자지라고 해."

제이미도 어깨를 으쓱이며 말했다.

"아니면 잉글랜드 영어로는 페니스라고 하지."

이안이 한마디 했다.

이제는 남자들이 몇 명 모여들었다. 마지막 비명은 안개처럼 허공을 맴돌며 울렸다. 저 소리에서 벗어나기 위해서라면 무슨 대화라도 기꺼이 하고 싶은 마음이었다.

"하, 페니스가 무슨 영어라는 거야. 무식하게. 그건 라틴어야. 그리고 라틴어로 남자의 으뜸가는 벗을 뜻하는 것도 아니라고. 라틴어로 그건 꼬리라는 뜻이야."

이안은 느릿한 눈초리로 제이미를 가만히 바라보았다.

"꼬리라고? 지금 너는 똥구멍이랑 거시기도 구분을 못

* Clipeachd, 게일어로 페니스를 뜻한다.

하는 주제에 나한테 라틴어를 가르치는 거야?"

남자들이 왁자지껄 웃었다. 제이미의 얼굴이 순식간에 달아올랐다. 이안은 웃으면서 어깨로 그를 확 쳤다. 제이미는 피식 비웃음을 흘렸지만, 결국 이안을 팔꿈치로 치면서 마지못해 같이 따라 웃었다.

"그래, 좋아, 그럼."

그는 부끄러워하는 것 같았다. 보통 제이미는 자기가 많이 배웠다는 티를 이안에게 대놓고 드러내지는 않았다. 그리고 이안은 그런 제이미에게 반감을 품지 않았다. 물론 처음 친해지는 과정에서 얼마간은 약간 빼기긴 했지만, 그건 으레 사람들이 그렇듯 자신의 강점을 드러내면서 입지를 다지려는 행동이었다. 물론 제이미가 마티외나 빅 조르주에게 대고 라틴어나 그리스어를 들먹이며 잘난 척을 했다 해도, 자신의 능력을 증명할 때는 주먹과 날랜 몸놀림을 보여 주었다. 하지만 지금 이 순간만큼은 토끼와 싸워도 이길 것 같지 않았다.

『무경험자들』에서 발췌

패멀라 패칫의 「페니스에 바치는 송가」

다음에 인용한 시는 내가 쓴 것이 아니다. 물론 내가 썼다면 아주 자랑스러웠겠지만 말이다. 이 훌륭한 작품은 서리 국제 작가 콘퍼런스Surrey International Writers' Conference에서 열린 '바보 같은 글쓰기 대회'에서 여러 번 수상한 경력이 있는 패멀라 패칫이 쓴 시다. 패멀라는 불워 리턴 소설 경연Bulwer-Lytton Fiction Contest의 '나쁜 글쓰기 대회'에서도 수상 후보작에 여러 편의 글을 올렸을 정도로 아주 뛰어난 작품을 써 왔다. 이 책에 시를 인용할 수 있게 허락해 준 패멀라에게 고마움을 전하는 바다!

로맨스 소설에서 작가가 망신살이 뻗치는 일 없이 흥분한 남자의 신체를 표현하려면 어떻게 해야 할까? 남자의 소중한 거시기를 묘사하는 수천 가지의 방법이 있긴 하다. 실제로 『연인의 혀: 사랑과 성의 언어를 통한 즐거운 관계The Lover's Tongue: A Merry Romp Through the Language of Love and Sex』라는 책에서 마크 모턴은 남자의 그곳을 가리키는 천삼백 개에 달하는 단어 목록을 나열했다. 그럼에도 사랑의 언어를 적절하게 구사하는 작가는 드물다. 사실 이 부위에 관해 이야기할 때는 어떤 표현을 골라 쓰더라도 언제나 웃을 수밖에 없는 것 같다. 물론 사랑에서 가장 중요한 인체 기관은 '뇌'라는 주장도 있지만, 사람의 뇌는 성욕이라는 열정의 격랑 속에서 자신의 존재를 대담하게 불쑥 내미는 기관이 아니다.

그렇다면 로맨스 소설 작가는 어떻게 그 순간의 분위기를 깨지 않고 '거시기'를 묘사할 수 있을까? 당연히 섹스 장면에서 '거시기'의 존재를 부인할 수는 없다. 거시기의 존재감은 손을 내밀었을 때 덥석 다가오는 래브라도리트리버의 코만큼이나 어김없이 불쑥 이쪽을 찔러 오기 때문이다.

어떤 이는 부드러운 표현을 써서 마치 시인처럼 '사랑의 화살' 정도로 묘사하고 싶을지도 모른다. 기사는 그의 사랑의 창을 안전한 동굴에 감추고, 엑스칼리버를 검집에 넣고 싶어 한다거나, 전사는 후드를 쓴 부하를 돌격시킨다는 표현 정도로 말이다. 이때 그 부하는 화가 나면 후드가 벗겨져 대머리가 된다. 하지만 그런 표현은 CEO가 잔뜩 곧추선 임원을 단상 위로 불러낸다거나, 요리사가 두툼한 소시지와 감자 두 알을 불 위에 올린다거나, 운동선수가 배트와 공 두 개를 번쩍 들어 올린다거나, 정육점 주인이 고기에 꽂아 쓰는 기다란 순 살코기 온도계를 바지에서 꺼냈다는 식의 표현과 무엇이 다를까? 이렇게 표현하면 뜻이 통할까?

아니다. 로맨스가 먹히려면 암시를 하기만 하면 된다. 나는 겸허하게 다음의 시를 추천한다.

페니스에 바치는 송가
부제: 로맨스 작가들은 보시오

나무처럼 아름다운 페니스라니,
그런 건 절대 볼 수 없을 것 같다오.
나무나 페니스나 길쭉하긴 마찬가지라도,
제발 좀 그런 묘사는 하지 마시오.
좀 더 노력을 부탁드리오.

신체의 많은 부분은 묘사하지 않아도 좋소.
(아무리 저들끼리 여기저기 만졌대도 그렇지)
작가들이 온갖 말로 묘사할 필요 없소.
후끈 달아올랐든
아님 조용히 누워 있든.

그러니 눈이 하나밖에 없는 뱀이네,
같은 묘사는 접어 두오.
쓸 말이 없어서 그런 말을 다 쓰시려 하오.
둘이서 제아무리 황홀했다고 한들
한 번 했으면 이미 볼 장 다 본 것을.

—패멀라 패칫

자, 그럼 본론으로 들어가자.

분명히 말하는데, 남자가 '거시기'를 부르는 방식에는 그 남자의 성격이 강하게 드러난다. 자기 물건을 가리켜 "행복한 놈"이라고 부르는 남자와 "은밀한 부분"이라고 에둘러 부르는 남자는 애초에 다른 인물일 수밖에 없다.

실제로, 사람들이 들었을 때 마시던 커피를 코로 뿜거나 얼굴을 찌푸리지 않고도 성적 묘사에 효과적으로 사용할 수 있는 남자 성기 용어는 "생식기", "음경", "성기" 정도밖에 없다. 물론 시대와 문화에 따라서 달라질 수 있긴 하겠다.

B: 여성의 기관을 지칭하는 말도 있다

여성 생식기를 가리키는 용어를 보면…… 놀랍게도 남자든 여자든 상관없이 '외음부'라는 게 뭔지 모르는 사람이 상당히 많다. 학창 시절 생물 시간에 딴짓했던 사람들이 아주 많았나 보다.

여자의 성기를 묘사할 때의 문제는, (영어의 경우) 라틴어로 된 용어들 대신 쓸 수 있는 흔한 말이 하나밖에 없다는 것이다. (다음 페이지에는 물론 당신이 보고 즐거워할 수 있는 몇 가지 예를 써 놓긴 했지만, 흔하게 쓰이지는 않는다.) 라틴어인 버자이너(질), 벌바(외음부), 라비아(음순) 같은 말은 너무 의학 용어같이 들린다. ("그는 손가락으로 나의 외음부를 만져 댔다……"라는 표현을 보면, 음…… 그다지 로맨틱하지 못하다.) 반면, 영어의 "보지cunt"라는 말은 너무 조악하다.♦ ♦♦

♦ 물론 섹스 장면을 쓰기 위해 외음부가 무엇인지 꼭 알 필요는 없지만, 나는 수년간 과학자로 지냈으므로 '아주 흥미진진한 일반적인 관심사'를 보면 사람들에게 꼭 말해 주고 싶은 욕망을 억누르기가 힘들다. 그러니까, 다음을 알아 두자.

영어에는 여성 생식기를 가리키는 흔하면서도 성적 의도를 갖지 않은 표현이 없다. 그건 아마도 우리 여성들이 점잖게 스스로를 억누르고 있어서일 것이다. (반면, 남자들은 본인의 욕망을 항상 있는 그대로 드러낸다.) 그래서 우리 여성들은 평소 대화에서 여성 생식기를 언급할 이유가 없으며, 있다 하더라도 대개는 생식 기관이 아플 때다. 그래서 "나 심한 질염에 걸렸어", "나 질편모충증이 생겼어", "할머니가 일어나시다가 자궁이 아래로 **빠졌어**" 등과 같이 질병을 설명하면서 말하는 경우가 보통이다.

여성 생식기에 대한 또 다른 문제는, 대부분 눈에 잘 보이지 않는다는 데 있다. 여성이 흥분했는지 아닌지는 은밀한 부위만 보고서는 알 수가 없다. 물론 손을 넣어 촉진을 해 보면 알 수 있겠지만…….

하지만, 이처럼 생식기가 신체 내부에 존재한다는 내면적

외음부(명사)

1. 여성의 외부 생식기

2. 암컷 포유류 또는 선충류의 질이나 생식 기관의 외부 개구부

솔직히 나는 선충에게 외음부가 있다는 사실을 전혀 몰랐기 때문에 두 번째 정의가 너무 흥미로웠다. 이제 막 알게 된 이 정보로 무엇을 해야 할지 모르겠지만, 어떤 정보는 그저 재미로 알아 두어도 괜찮을 때가 있다. 선충은 선충과에 속하는 회충이다. 환형동물, 척삭동물, 자포동물에는 전혀 없는 외음부가 어째서 회충에는 있는 건지 난 정말 모르겠다. 어째서 회충에 외음부가 있는지 궁금해하는 사람들이 있을지도 알 수 없다. 어쨌든, 나는 여러분에게 알려 주었다.

♦♦ 그래도 18세기와 19세기에 쓰였던 "커니cunny"라는 말은 나쁘지 않았다. 다만 그건 지금은 쓰이지 않는다.

특성과 성욕을 억누르는 심리적 특성 때문에, 여성은 섹스할 때 자신의 생식기와 스스로를 한층 깊게 동일시하게 된다. 그래서 "그가 너무나 급하게 내 안으로 들어오는 바람에 그만 숨을 헐떡이고 말았다" 같은 표현을 합리적으로 사용할 수 있는 것이다.

솔직히 말해 신체 부위보다는 사람의 관점에서 성관계를 묘사하는 편이 대체로 더 낫다. 예를 들어, "그가 내 외음부 살점 사이로 성기를 쑥 밀어 넣었다"라고 말하는 것보다는 "그는 내 안으로 들어왔다"라고 말하는 편이 훨씬 낫다는 것이다…… 안 그런가?

남성에게 쓰는 속어 "보지"

문화적인 맥락에서, 영국의 언어 관습에는 특이한 점이 하나 있다. 바로 "보지"라는 말을 남자를 저속하게 지칭하는 속어로 사용한다는 점이다. 이 표현은 다소 경멸적이긴 하지만, 성적인 의미로 사용되지는 않는다. 어떤 남자가 "보지 같은 놈"이라고 불린다면, 그는 별것 아닌 인간이거나 사사건건 방해만 일삼는 멍청이일 뿐이지 동성애자를 의미하지는 않는다.

대개 이 말은 상대를 깔보아 업신여길 때 쓰인다. 한 영국인 친구가 들려준 일화를 하나 알려 주겠다. 그의 아들이 스코틀랜드의 건설업체에 첫 직장을 얻었는데 점심을 먹으러 펍에 가서 메뉴를 보여 달라고 하자, 펍 주인이 "너희 보지들은 파이랑 맥주 먹어. 다른 메뉴는 없어"라고 대답했다고 한다.

아주 잘 정리한 여성기 표현 모음

영어식 성기 표현*

vajayjay	바제이제이(여성의 질을 완곡하게 일컫는 말)
vag	벅(vagina의 줄임말)

* 한국식 성기 표현은 부록에 별도로 수록하였다.

twat	보지
slit	틈새
snatch	여성기
cooch	씹
coochie	씹
cooter	보지
cooze	물보지
coozie	보지
gash	깊은 상처
hole	구멍
muff	따뜻한 싸개
flange	테두리
minge	음부, 음모
box	상자
quim	보지(영국 용어)
fud	보뎅이(스코틀랜드 용어)♦

♦ 'fud'는 사람의 엉덩이를 지칭하는 용도로만 쓰이는 것을 보았기 때문에, 이 목록에 넣어도 될지 고민했다. 하지만 이 단어가 여성의 성기를 가리키지 않는다고 장담할 수는 없다. 지역에 따라 말의 쓰임과 의미가 다 다르기 때문이다. 미국에서 'fanny'는 '바닥'을 의미하지만 영국에서는 여성의 성기를 의미한다는 점에 유의하자. 그래서 허리에 차는 파우치를 미국에서는 '패니-팩fanny-pack'이라고 부르지만 영국에서는 '범 백bum-bag'이라고 부른다.

| poon | 씹 |
| poontang | 씹구멍 |

점잖은 은어 표현들

nether regions	지옥
lady garden	숙녀의 정원
girly bits	여자의 일부
private parts	국부

은어 표현들

mossy cleft	이끼 낀 틈
hot box	뜨거운 상자
squeeze box	쥐어짜는 상자
vertical smile	세로로 짓는 미소
cha cha	차차
love tunnel	사랑의 터널

음식 관련 은어

| cherry | 체리 |

bearded clam	수염 난 조개
furry taco	복슬복슬 타코
tuna taco	참치 타코
fur burger	모피 버거
cream pie	크림 파이
beef curtains	비프 커튼
meat curtains	살점 커튼
meat sleeve	살점 자락
hair pie	털 파이
honey pot	꿀단지

동물 관련 은어

beaver	비버
pussy	고양이
kitty	아기 고양이
rat	들쥐
panty hamster	팬티 햄스터

어린이용 은어

privates	나만 아는 곳
private parts	나만 아는 부분
bits	조각
no no	아니 아니
cookie	쿠키
muffin	머핀
cupcake	컵케이크
tweeny	심부름꾼
down there	아래 거기
peach	복숭아
flower	꽃
fanny	볼기
front butt	앞 볼기
kitty	아기 고양이
tutu	투투
wee wee	쉬하는 곳
who hoo/woo hoo	누구 거
hoo hoo	누구 거
foo foo	바보

저속한 은어

cunt   보지

클리토리스 액세서리: 디자인 요소가 된 여성 생식기

지금 내가 말하는 액세서리는 그곳에 하는 피어싱이
아니다. 물론 당신이 거기에 피어싱을 하고 싶다면 말
리지는 않겠다. 다만 나더러 봐 달라고만 하지 말아 주
길. 내가 말하고자 하는 것은 기존의 액세서리처럼 착
용하는 것이지만, 모양이 문제의 그곳과 꼭 닮은 보석
이다.

이름을 잊어버려서 천만다행인데, 어떤 페미니스트
예술가가 여러 여성의 내부 생식기와 음핵을 틀로 본
떠 펜던트를 제작한 적이 있다. 에나멜과 귀금속으로
말이다. 나는 이 작품의 정치적 목적을 높이 평가하긴
했지만, 막상 이걸 봤을 때 별생각이 들지 않았다. 그

이유는 아마도 본뜬 생식기 모양이 남자(혹은 여자)가 좀 더 자세하게 볼 마음이 드는 것이라기보단, 그저 심하게 짓눌린 꽃 모양이었기 때문이다.

내가 보기에 이 펜던트의 이미지는 '역동적인 **기능성**'이 많이 부족해 보이는 게 문제였다.

솔직히 말해, 우리 사회 주변에서는 음경의 이미지를 수없이 찾아볼 수 있다. 그리고 그것들은 모두 우뚝 선 모습이다. 생각해 보라. 누가 흐물흐물한 거시기를 닮은 건물을 설계하겠는가? 여성의 생식기도 마찬가지다. 세상에 누가 찌그러진 클리토리스를 본뜬 액세서리를 하고 싶을까?◆

◆ 물론 성적으로 흥분한 형태의 클리토리스 모양을 본뜨기는 쉽지 않을 것이다. 어느 여자가 흥분했을 때 축축한 석고에 앉아 자기 성기를 본뜨게 하고 싶겠는가.

제3장

섹스의 언어는 감정이다

지금까지는 단어들을 확실하게 알아보았으니 이제는 그 단어를 맥락에 맞게 사용하는 법을 알아보자. (눈여겨보아야 할 점! 섹스 이야기를 할 때는 **모든** 단어가 성적으로 중의적 의미를 띤 것처럼 보인다.)

앞에서 언급했듯, 좋은 섹스 장면을 쓰기 위해서는 인물들의 행위보다는 그들의 감정에 대해 더 많이 다루어야 한다. 사람들은 본능적으로 섹스에 관심이 있기 때문에 성적인 분위기에서 일어나는 감정적 거래는 독자를 집중시키는 데 큰 힘을 발휘한다.

참고: 모든 섹스 장면에서 '난 당신을 원해, 그러니 하자!'라는 식의 일방적 전개가 펼쳐지지는 않는다. 인물들 사이의 감

정이 서로를 향한 애정일 필요는 없다. 심지어 성적인 끌림이 없어도 괜찮다. (물론 애정이나 성적 끌림은 섹스 장면에서 자주 등장하지만 노골적으로 드러나지 않는 경우도 있다.) 긍정적인 감정처럼 분노와 미움, 냉담함 같은 불쾌한 감정 역시 섹스의 맥락 안에서 표현 가능하며, 성적인 맥락은 이러한 감정을 더욱 고조시킨다. (5장 「끔찍한 섹스」를 참조하라.)

또한 섹스 장면을 일반적인 장면이 가진 의도, 그러니까 플롯을 드러내거나 인물의 캐릭터를 발전시키는 목적으로 이용할 수도 있다. 하지만 이런 플롯을 섹스 장면에 **너무** 많이 욱여넣어서는 안 된다. 독자들은 보통 섹스 자체에 집중하기 때문에 다른 세심한 의도에까지 관심을 기울이지는 않기 때문이다.

자, 다시 섹스 장면에서는 신체 동작보다는 감정을 다루어야 한다는 얘기로 돌아가 보자. 이 말은, "그의 손끝이 부드럽게 둔덕을 탐험하며 건드리는 자리마다 감각에 불이 붙었다……"라는 묘사를 몇 페이지씩 할 필요가 없다는 뜻이다. 음, 진심으로 그러지 말자. 하지만 그렇다고 신체의 움직임이 어떻게 일어나고 있는지 **아무것도** 말하지 말라는 건 아니다.

대체로 섹스 신에서는 몸의 움직임에 대한 작은 단서를 제시한 다음, 나머지는 독자가 알아서 상상력으로 채우는 식으로 그 신을 '확실하게 진행'할 수 있다.

예시 4:
"인디언 보호관" – 신체적 행동의 단서가 있는 감정이 플롯과 연결되어 나타나는 섹스 신

이제 여러 목적이 표현된 섹스 장면의 예를 보여 주겠다. 이 예시문에서 눈여겨봐야 할 점은 다음과 같다. ① 고양이를 통해 어떻게 분위기가 성적으로 흘러가는지 ② 대화를 통해 어떻게 인물의 캐릭터가 드러나는지 ③ 섹스 과정에서 나타나는 신체의 세부 사항을 어떻게 그려 내는지 ④ 세부 플롯이 이 장면과 어떻게 엮이는지 살펴보자.

그는 장전된 권총을 위층으로 가져와 창가 옆 세면대 위에 놓아두었다. 라이플총과 산탄총도 언제든 쓸 수 있게 장전된 채로 아래층 벽난로 위 고리에 매달려 있었다. 게다가 그는 아이러니하게도 살짝 호들갑스러운 동작으로 허리띠의 칼집에서 단검을 뽑아 우리 침대맡 베개 밑에 가만히 밀어 넣었다.

"가끔 이랬다는 걸 난 잊어버려요."

제이미의 손동작을 바라보며 나는 옛날을 아련히 떠올렸다. 우리의 결혼 첫날밤 신방의 베개 아래에도 단검이 있었지. 그 후로도 이랬던 적이 수없이 많았다.

"잊었다고요?"

제이미는 그 말에 미소를 지었다. 약간 비뚜름하긴 했어도,

분명한 미소였다.

"그럼 당신은 잊은 적 없어요? 한 번도?"

내 말에 그는 고개를 저었다. 여전히 미소를 지었지만, 슬픈 기색이 역력했다.

"가끔은 나도 잊고 싶어요."

우리의 대화는 갑자기 중단되었다. 누군가가 복도를 가로지르며 거친 코웃음을 흘리더니, 곧바로 이불을 후려치는 소리와 거친 욕설이 들려왔다. 무언가 날카롭게 '쿵!' 벽을 치는 소리도 들렸다. 들어 보니 신발 같았다.

"망할 놈의 고양이!"

맥도널드 소령이 버럭 소리를 질렀다. 나는 손으로 입을 꾹 막고 앉았다. 맨발의 쿵쿵거리는 소리가 마룻바닥을 울리더니, 이어서 소령의 방문에 무언가 부딪치는 소리가 났다. 문이 휙 열렸다가 쾅 소리를 내며 닫혔다.

제이미도 잠시 얼어붙은 듯 서 있었다. 정신을 차린 그는 아주 살그머니 움직여 우리 방문을 소리 없이 열었다. 그러자 꼬리를 도도하게 S자 모양으로 세운 고양이가 슬그머니 안으로 들어왔다. 고양이는 당당한 태도로 우리를 무시한 채 방을 가로질러 세면대 위로 뛰어오르더니 그 안에 앉았다. 그러고는 뒷다리를 번쩍 치켜든 채 차분히 불알을 핥기 시작했다.

"파리에서도 저렇게 자기 물건을 핥는 사람을 본 적 있어요."

제이미는 고양이의 행동을 흥미롭게 지켜보며 말했다.

"이런 볼거리에 사람들이 기꺼이 관람료를 낼까요?"

이렇게 공개적으로 은밀한 부위를 내보이는 공연에 그저 재미로만 참여하는 사람은 없을 것 같았다. 어쨌든 파리에서는 있을 법하지 않았다.

"글쎄요. 그 공연은 남자만 하진 않았거든요. 같이 하는 여자도 있었어요. 그 여자도 비슷하게 유연했죠. 지렁이가 짝짓기하는 걸 보면 이런 기분이지 않겠어요?"

제이미는 나를 보며 빙긋 웃었다. 촛불의 불빛을 받은 그의 눈이 파랗게 빛났다.

"정말 정신이 쏙 빠질 만하네요."

나는 중얼거렸다. 세면대를 슬쩍 바라보자, 고양이 애드소는 더욱 민망한 부위를 핥고 있었다.

"소령님이 무장하고 자지 않은 걸 다행으로 여겨, 애드소. 그분이 지금 네 꼴을 봤다면 토끼처럼 갈가리 난도질을 하셨을 테니."

내 말에 제이미가 대꾸했다.

"아, 무장하고 자고 있을걸요? 우리의 도널드는 칼을 지닌 채 자곤 해요. 하지만 언제 무기를 휘둘러야 할지 아주 잘 알죠. 도널드에게 아침을 주지 않으면, 당신 고양이를 칼에 꿰어 버릴 거라고요."

나는 문을 힐끗 바라보았다. 복도 너머로 매트리스를 들썩이며 나직이 중얼거리던 욕설은 이제 잦아들었다. 소령은 직

업 군인답게 훈련된 사람인지라 벌써 수월하게 꿈나라에 들어간 것 같았다.

"그럴 것 같지는 않아요. 소령이 새 주지사 자리를 맡은 것은 당신 말이 맞았어요. 당신이 정치적으로 출세하기를 바라는 소령의 진짜 목적도 그것인 것 같은데요?"

제이미는 고개를 끄덕였지만, 지금은 맥도널드의 꿍꿍이가 무엇인지 토론할 마음이 전혀 없어 보였다.

"내 말이 맞았죠? 그러니 당신이 나한테 벌금을 내야 해요, 새서나흐."

그는 점차 생각에 잠긴 분위기를 자아내며 나를 바라보았다. 나는 제이미가 지렁이같이 성기를 빠는 파리 사람들의 기억을 떠올리며 너무 흥분한 것이 아니기를 바랐다.

"응? 음, 그게 정확히 무슨 뜻인데요……?"

나는 조심스럽게 그를 바라보았다.

"글쎄, 아직 정확한 건 생각하지 않았지만요, 일단은 당신이 침대에 누우면 어떨까 싶네요."

그의 대답은 문제에 대한 합리적인 시작점으로 보였다. 나는 침대 머리맡에 베개를 쌓았다. 그 와중에 단검을 치우느라 잠깐 멈추기는 했지만, 이윽고 침대 위로 올라가기 시작했다. 그러다 다시 멈추고 몸을 구부려 침대 조절용 렌치로 매트리스를 지탱하는 밧줄을 조였다. 그러자 침대 틀이 삐거덕거리며 밧줄이 팽팽해진 소리가 났다.

"아주 사려 깊네요, 새서나흐."

내 뒤에 선 제이미는 재미있다는 듯 말했다.

"경험에서 우러나온 거죠."

나는 손과 무릎을 대고 새롭게 조절한 침대 위로 올라가며 말을 이었다.

"당신과 밤을 보낸 다음에 가끔 잠에서 깨면 말이죠, 매트리스가 내 머리 옆으로 푹 패어 있고 내 엉덩이는 방바닥에 거의 달라붙다시피 낮아져 있단 말이에요."

"아, 내가 예상하기로 오늘 밤 당신 엉덩이는 그보다는 위에 있을 거예요."

제이미는 확실하게 말했다.

"앗, 그럼 나더러 올라타라는 건가요?"

그 자세를 생각하자 복잡한 심경이 되었다. 제이미 위에 올라가서 하는 게 좋긴 하지만, 나는 몹시 피곤했기 때문이다. 솔직히 말해서, 열 시간 넘도록 말을 타고 온 참이라 허벅지 근육이 경련을 일으키고 있었다. 말 탈 때 필요한 근육은 그 자세에서도 필요한데 말이지.

제이미는 생각에 잠겨 눈을 가느다랗게 떴다.

"그건 나중에 해도 되고요. 누워요, 새서나흐. 그리고 잠옷을 걷어 올려요. 그런 다음 나한테 다리를 벌리고요. 잘했어요……. 아니, 조금 더 넓게, 응?"

이제 행동에 들어간 제이미는 일부러 느릿느릿 셔츠를 벗었다.

나는 한숨을 쉬면서 내 엉덩이를 조금 움직여 자세를 새로 잡았다. 오랫동안 유지해도 쥐가 나지 않을 만한 자세가 필요했으니까.

나는 나무라듯 말했다.

"지금 하려는 게 뭔지 모르겠지만, 내 생각이 옳다면 당신은 후회할 거예요. 난 제대로 씻지도 못했다고요. 너무 더러워서 말 냄새가 나는데."

이제 나체가 된 제이미는 자신의 한쪽 팔을 들고 시험 삼아 냄새를 맡았다.

"그래요? 뭐, 그건 나도 그런데. 그리고 난 말을 좋아하니까 괜찮아요."

그는 이제 일부러 느긋하게 굴던 기색을 버렸지만, 잠시 멈춰 자신의 계획대로 됐는지 살펴보고는 만족한 눈빛으로 나를 바라보았다.

"아, 아주 좋아요. 이제 두 손을 머리 위로 올리고 침대 틀을 잡아요—"

"설마 진짜로 하겠다는 거예요?"

나는 불쑥 소리쳐 놓고서, 마지못해 방문을 바라보며 목소리를 낮추었다.

"맥도널드 소령이 바로 복도 건너편에 있는데!"

"응, 할 건데요. 맥도널드 같은 놈이 열 명이라도 내가 알 게 뭔데요."

힘주어 말한 것도 잠시, 제이미는 멈추고 생각에 잠긴 듯 나를 찬찬히 바라보다가 잠시 후 한숨을 쉬고는 고개를 저었다. 그리고 조용히 말했다.

"아니, 오늘 밤은 안 되겠네요. 당신, 아직도 그 불쌍한 네덜란드 녀석과 집안사람들을 생각하고 있죠?"

"그래요. 당신은 아닌가요?"

제이미는 한숨을 쉬며 내 옆에 앉았다. 그리고 솔직하게 말했다.

"생각하지 않으려고 무척 노력 중이에요. 하지만 죽은 사람들은 무덤에 편히 눕지 못하겠죠. 그렇죠?"

나는 그의 팔에 손을 얹었다. 제이미도 같은 기분이라니 안심이 되었다. 밤공기는 죽은 영혼들이 지나가는 것처럼 차분하지 못했다. 그 황량한 정원과 연이어 늘어선 묘비에 지긋지긋하게 감도는 우울함이 느껴졌고, 그날 밤 내내 벌어진 사건과 자명종 소리가 아직도 생생했다.

오늘 밤은 그때와 다르다. 우리 방의 문은 굳게 잠겼고 벽난로에는 불이 활활 타오르며, 주위에는 다른 사람들도 있었다. 집은 부산스러웠고, 덧창은 바람결에 삐걱댔다.

"당신을 정말 원해요, 클레어. 당신이 필요해…… 괜찮겠어요?"

제이미가 나지막이 말했다.

문득 이런 생각이 들었다. 그 사람들도 죽기 전에 이런 밤을 보냈을까? 미래가 어떻게 될지는 전혀 알지도 못한 채, 평화롭고 아늑한 방 안에서 남편과 아내가 침대에 바짝 붙어 누워 속삭였을까? 바람이 불어 옷이 젖혀졌을 때 눈앞에 드러났던 여자의 하얀 허벅지가 떠올랐다. 허벅지 사이로 언뜻 보였던, 엉겨 붙은 곱슬곱슬한 털들. 대리석 조각처럼 창백했던 수북한 갈색 체모 아래 외음부. 처녀의 조각상처럼 꾹 다물린 살점.

나는 가냘프게 속삭였다.

"나도 그래요. 이리 와요."

제이미는 가까이 다가와 몸을 숙이더니 내 잠옷 목깃의 끈을 가지런히 풀어냈다. 낡은 리넨이 어깨에서 흘러내렸다. 나는 천을 움켜쥐려 했지만 제이미는 내 손을 잡아 옆으로 눌렀다. 그리고 한 손가락으로 잠옷을 쓸어내린 다음 촛불을 껐다. 밀랍과 꿀 향기, 말의 땀 내음이 풍기는 어둠 속에서 내 이마와 볼 끝, 입술과 턱선에 입맞춤이 이어졌다. 느릿한 입술은 부드럽게 내 발바닥 오목한 부분까지 내려갔다.

이윽고 제이미는 몸을 일으키더니 오랫동안 내 가슴을 빨았다. 나는 그의 등에 손을 올리고 어둠 속에서 벌거벗은 채 취약하게 드러난 그의 엉덩이를 꽉 쥐었다.

그 후, 우리는 벌레처럼 뒤엉켜 기분 좋게 누웠다. 방 안의 불빛이라고는 불꽃이 사라진 벽난로의 가림막 너머로 흘러나오는 은은한 빛뿐이었다. 어찌나 피곤하던지 매트리스 아래로 자꾸만 몸이 가라앉았다. 지금은 어서 잠이라는 어두운 망각이 손짓하는 곳으로 그저 계속 빠져들고만 싶을 뿐이었는데.

"새서나흐."

"응?"

제이미는 잠시 머뭇거리다가 내 손을 더듬어 찾더니 꼭 감쌌다.

"당신도 그럴 건가요?"

"뭘요?"

"그 아내처럼, 네덜란드 여자처럼 그럴 거냐고요."

잠이 들락 말락 한 순간에 깨었는지라, 나는 아직도 비몽사몽 혼란스러웠다. 그래서 앞치마로 싸여 있던 죽은 여자의 모습조차 비현실적인 것만 같았고, 머릿속으로 어떻게든 현실의 이미지를 아무거나 생생히 떠올리려고 해 보았지만 그저 귀찮기만 할 뿐이었다. 나는 점점 더 깊은 잠으로 가라앉고 있었다.

나는 하품을 하면서 그를 안심시켰다.

"그럴 거냐니? 불길에 뛰어들 거냐고요? 난 그럴 거예요. 그러니 어서 자요."

하지만 제이미는 내 팔을 부드럽게 흔들었다.

"아니, 일어나요. 나한테 말해 봐요, 새서나흐."

"으응."

어마어마한 노력을 들여서 나는 결국 달콤한 수마의 손길을 밀어내고 옆으로 털썩 누워 제이미를 마주 보았다.

"음, 말하라니. 뭘요……?"

제이미는 참을성 있게 다시 물었다.

"그 네덜란드 여자처럼 할 거냐고요. 내가 만약 죽게 된다 해도, 당신이 설마 가족 모두를 죽이지는 않겠지요?"

"뭐라고요?"

나는 제이미에게 잡히지 않은 손으로 얼굴을 문지르고는 잠결에 이게 무슨 소리인지 애써 따져 보았다.

"누구의 가족을 모두……. 아니, 그럼 당신은 그 여자가 일부러 그랬다고 생각해요? 독살했다고?"

"그럴지도 모르죠."

제이미의 말은 속삭임에 불과했지만, 나는 정신이 번쩍 들었다. 잠자코 말없이 누워 있던 나는 문득 제이미가 정말로 내 옆에 있는지 확인하고 싶어 손을 뻗었다.

그래, 제이미는 정말로 내 옆에 있었다. 커다랗고 단단한 몸이, 매끄러운 골반이 따스하고 생생하게 내 손에 느껴졌다.

"그건 사고였을 수도 있어요. 아니라고 어떻게 단정할 수 있나요."

내가 낮은 목소리로 말하자, 그는 순순히 인정했다.

"그렇죠. 하지만 자꾸만 눈앞에 떠올라요."

제이미는 결국 안절부절못하며 등을 대고 누웠다. 그리고 천장을 바라보며 중얼거렸다.

"남자들이 왔어요. 남편은 그 남자들과 싸웠고, 놈들은 남편을 그 자리에서 죽였죠. 자기 집에서 죽었다고요. 남편이 죽은 걸 본 아내가 말했어요. 그전에 먼저 아기에게 젖을 먹여야 한다고요……. 그렇게 말했던 것 같아요. 그리고 스튜에 독버섯을 넣어서 아이들과 자기 어머니에게 먹였어요. 아내는 남자 둘도 죽였지만, 내가 보기에 그건 우연이었어요. 아내는 남편을 따라갈 마음이었던 거죠. 혼자 보낼 수 없었을 테니까."

난 제이미에게 말하고 싶었다. 그건 우리가 본 광경을 다소 극적으로 해석한 거 아니냐고. 하지만 그의 해석이 틀렸다고 말할 수도 없었다. 제이미가 멍하니 생각에 잠기며 들려준 묘사를 통해, 나 역시 그 장면을 너무나 실감 나게 보았으니까.

나는 마침내 나직하게 말했다.

"그건 아무도 모르는 일이죠. 어떻게 알겠어요."

죽지 않은 나머지 사람들을 찾아서 물어보면 모를까. 문득 떠오른 생각이었다. 하지만 그 생각을 입 밖에 내지는 않았다.

우리 둘 다 잠시 말이 없었다. 제이미는 여전히 생각에 잠긴 기색이었다. 하지만 수마는 늪처럼 나를 다시 끌어내리고 매달리고 유혹했다.

"내가 당신을 안전하게 지킬 수 없다면 어떡하죠?"

마침내 제이미가 속삭였다. 그러더니 갑자기 베개 위에서 휙 내 쪽으로 머리를 돌렸다.

"당신을 비롯한 다른 모두를 지킬 수 없게 된다면? 나는 온 힘을 다해 노력할 거예요, 새서나흐. 그러다 죽어도 상관없어요. 하지만 내가 너무 빨리 죽어서…… 지켜 줄 수 없다면?"

여기에 무슨 답이 있을까?

"당신은 죽지 않을 거예요."

나는 속삭이듯 대답했다. 제이미는 한숨을 쉬면서 고개를 숙였다. 그의 이마가 나의 이마와 맞닿았다. 그의 따스한 숨결에서는 달걀과 위스키 내음이 났다.

"죽지 않도록 노력할게요."

제이미의 대답에 나는 그의 부드러운 입술에 내 입술을 댔다. 어둠 속에서 위로와 감사를 전하는 입맞춤이었다.

나는 그의 어깨를 머리로 베고 한 손으로 그의 팔을 감쌌다. 그리고 피부의 향기를 맡았다. 마치 불로 훈연한 듯 그에게선 연기와 소금 냄새가 났다.

"당신한테 훈제 햄 냄새가 나요."

나의 중얼거림에 제이미는 나직하게 웃더니 내 허벅지 사이에 손을 넣고 익숙한 그곳을 꼭 쥐었다.

마침내 나는 그 손에서 빠져나와 다시금 늪 같은 수마가 나를 덮치도록 내버려 두었다. 어둠 속으로 막 빠져들려던 순간, 제이미의 목소리가 들렸다. 어쩌면 꿈이었을지도 모른다.

어둠 속에서 그는 속삭였다.

"내가 죽어도 따라 죽지는 말아요. 아이들에겐 당신이 필요

해요. 그 애들을 위해 살아 줘요. 난 기다릴 수 있어."

『눈과 재의 숨결』에서 발췌

이 장면은 『눈과 재의 숨결』 초반부에서 불타는 오두막에서 살해된 네덜란드인 가족을 발견한 사건을 떠올리며 앞으로 전개될 주요 플롯(인디언 보호관이 되는 제이미)과 이 사건이 등장인물 간의 관계에 가져올 감정적 문제를 넌지시 보여 주고 있다.

이 장면에서 인물의 감정은 처음에는 유머와 장난기로 시작했다가 나중에는 침울한 예감으로 바뀌는데, '설명하지 말고 그저 보여 주라'는 법칙을 아주 잘 보여 주는 대목이라고 할 수 있다. 특정 상황의 인물들 사이에 진정한 감정이 존재하면, 작가는 그저 그 상황을 드러내기만 하면 된다. 내 남편은 문학적 안목이 매우 예리한 편인데, "감정을 구구절절 늘어놓는 건 자기가 한 농담에 자기가 껄껄 웃는 짓이나 다름없다"라고 늘 입버릇처럼 말했다.

가끔은 정확한 설명을 위해, 또는 문장에 리듬을 주기 위해 감정을 아주 짧게 말하기도 한다. 군이 노골적인 표현으로 이 감정이 얼마나 강력한지 강조할 필요는 없다. 만약 강력한 감정이 존재하더라도 독자가 알아서 잘 읽고 느껴 줄 것이라고 믿는 편이 낫다.

제4장

섹스 장면이라고 해서 언제나
구체적으로 묘사할 필요는 없다

관점을 달리하자

몇 년간 내 책상 뒤 벽에는 대나무 족자 두 개가 걸려 있었다. 하나는 일본 그림이고, 다른 하나는 중국 그림이었다. 일본 작품은 후지산의 전경으로, 산 앞에 숲이 우거진 해안과 나무 사이로 살짝 보이는 탑, 물 위를 유영하는 하얀 돛단배들이 그려져 있었다. 굵직한 필치로 표현된 그림의 모든 요소가 부드러우면서도 인상적이었다.

중국 작품은 꽃가지에 앉은 새를 클로즈업한 것으로, 꽃잎 하나하나의 음영과 새의 목에 난 작은 깃털이 눈에 보일 정도로 정교하게 표현되었다. 아주 작고 섬세한 붓질을 수백 번 한 결과다.

둘 다 아시아 특유의 분위기가 물씬 풍기는 좋은 그림이다. 이 두 그림의 가장 큰 차이점은 바로 초점이다. 하나는 원사long-shot, 다른 하나는 접사close-up다.

초점은 때가 되면 자동적으로 바뀌어야 한다. 한 장면 내내 같은 초점 거리를 지속하는 것을 보고 싶은 사람은 아무도 없다. 그런 서술을 계속 읽으면 피곤해진다. 일단 작은 세부 사항이나 강렬한 대화에 집중한 다음에는 한 걸음 물러나야 한다. 그래야 그곳에서 일어나는 다른 일을 보거나 누군가의 마음속에서 일어나는 일을 살펴보고 싶어질 것이다. 한 번쯤은 좋은 영화를 골라 무슨 내용이 전개되는지에 전혀 신경 쓰지 말고 어떻게 영상이 흐르는지만 주의 깊게 살펴보자. 그러면 장면마다 초점이 바뀐다는 사실이 금방 드러난다. 피사체에 다가가기, 상하좌우 이동, 얼굴 클로즈업, 서서히 어두워지기, 위에서 내려다보기 등을 통해 초점이 수시로 바뀌고 있다는 것을 알 수 있는 것이다. 당신이 쓰는 글에도 똑같은 효과를 줄 수 있다. 이런 기법은 독자들을 글에 계속 집중하게 만든다. 물론 독자들은 이런 기법을 전혀 의식하지 못한 채 읽는 경우가 많지만 말이다.

효과적인 소설은 보통 다양한 초점을 사용한다. 이야기 내내 감정적인 거리를 두고 전체 이야기를 전달하고 싶은 작가는 없을 것이다. 마찬가지로 대상을 너무 가까이서 밀착 서술하는 것 역시 지나치면 곧바로 폐소 공포증을 일으키게 된다. (물론 위협이나 협박의 분위기를 내고 싶다면 밀착 서술이 좋다. 이때는 인물의 행동과 대화를 아주 세세하게 서술해 보자.)

따라서 비단 섹스 장면뿐만 아니라 모든 장면에서 초점을 다양하게 바꿔야 한다. 예를 들어, 연인의 숨결을 느끼는 여성의 모습을 클로즈업해 서술을 시작했다면, 다음에는 한 걸음 물러서서 멀리서 들려오는 교회 종소리를 들으며 그녀가 지금 무시무시한 죄를 짓고 있다는 사실을 상기시키는 것이다. 하지만 연인의 입술이 아래로 내려오면 다시금 클로즈업으로 돌아가……. 이런 식으로 초점에 다양한 변화를 주는 것이다.

섹스에 대해 글을 쓸 때는 다양한 강도의 친밀함을 탐구하는 셈이다. 다른 장면을 쓸 때 속도감과 흥미를 유지하기 위해 썼던 기법을 섹스 장면에서도 똑같이 쓸 수 있다. 물론 섹스 장면은 내밀한 내용 때문에 장면이 벌어지는 공간이 제한적이지만, 연인의 마음은 초점에 변화를 줄 수 있는 장소로 남아 있다.

예시 5:
노스캐롤라이나 사교댄스 파티

로저와 브리아나는 1773년경 노스캐롤라이나의 오지에서 열린 파티에 참석해 긴 하루를 보낸 후, 밤하늘 아래 건초 더미에 누워 잠을 청하고 있다. 브리아나의 품에는 그들의 아이인 제미가 몸을 웅크리고 깊이 잠들어 있다.

이 장면에서 주목해 봐야 할 점은 다음과 같다. ① 은근하게 드러나는 성적인 세부 묘사(직접적인 섹스를 의미하지는 않는다) ② 상황에 내재된 갈등(자세히 설명하자면, 브리아나는 섹스를 하고 싶지만 때와 장소가 적절하지 않다고 생각하는 반면 로저는 그런 주저함이 없다)과 그 갈등이 전개되는 방식 ③ 갈등이 드러나는 연인 간의 대화 ④ 브리아나의 몸과 그녀의 생각 사이에 일어나는 강력한 상호 작용(앞으로 볼 장면에서는 두 사람 사이의 초점 전환이 이루어진다. 물론 이 밖에도 주변 상황에 대한 짧은 언급이 있다. 그래서 독자들은 이 둘이 동떨어져 있지 않다는 걸 알 수 있다.) ⑤ 두 사람 사이에 내재된 또 다른 갈등 요소(목소리가 잘 나오지 않는 로저와 그것이 그의 자존감에 미친 영향)와 그것이 이 장면에서 어떤 효과를 내는지 살펴보자.

갑자기 건초가 부스럭거리더니, 로저가 그녀의 뒤로 슬며시 누웠다. 그는 손을 더듬거리며 브리아나에게 자신의 망토를 덮어 주고 안도의 한숨을 내쉬었다. 그러고는 몸의 힘을 빼고서 체중을 실으며 한쪽 팔로 브리아나의 허리를 그러안았다.

"오늘 하루 참 지독하게 피곤했지?"

브리아나는 그 말에 동의하듯 가냘프게 신음했다. 이제 사방은 고요했다. 더는 말할 필요도, 무언가를 바라보고 주의를 기울일 필요도 없었다. 온몸의 근육이 피로로 녹아내리는 것만 같았다. 차갑고 단단한 땅 위에 그저 건초를 얇게 깔아 두고 몸을 누인 상황이었지만, 지금은 모래 해변으로 슬금슬금 밀려오는 조수의 파도처럼 무자비한 잠기운이 밀려왔다.

"뭣 좀 먹었어?"

로저의 다리에 손을 얹자, 그의 팔이 반사적으로 그녀를 꼭 껴안았다.

"응. 맥주를 음식 삼아 마셨지. 사람들이 흔히 그러잖아. 난 괜찮아."

그가 웃자 따스한 입김이 피어올랐다. 로저의 몸에서 발산하는 체온이 둘이 걸친 천 사이로 스며들며 밤의 한기를 밀어냈다.

제미는 잠을 잘 때면 항상 온몸이 뜨끈했다. 그래서 아이를 품에 안고 있으면 토기 화로를 품은 것 같았다. 그런데 맥주를 마신 로저는 아이보다 훨씬 더 따뜻했다. 뭐, 어머니가 이 모습을 봤더라면 알코올램프가 기름보다 더 뜨겁다고 하셨을 테지.

브리아나는 한숨을 내쉬고서 자신을 안고 있는 그의 몸에 파고들었다. 이러니까 따스하니 보호받는 기분이었다. 이제 가족과 다시 함께 만나 안전하게 꼭 붙어 있게 되었으니 밤의 냉기도 한풀 꺾인 것 같았다.

로저는 콧노래를 부르기 시작했다. 브리아나는 순간 퍼뜩 깨달았다. 그 콧노래에는 음조가 없었지만, 등과 맞댄 그의 가슴에서 떨림이 느껴졌다. 하지만 그만두라고 할 마음은 전혀 없었다. 이건 그의 성대에도 분명히 좋을 테니까. 하지만 잠시 후, 로저는 스스로 콧노래를 멈췄다. 그가 다시 콧노래를 부르길 바라는 마음으로, 브리아나는 뒤로 손을 뻗어 로저의 다리를 쓰다듬으며 질문을 품은 콧소리를 냈다.

"으으, 으음?"

로저의 손이 그녀의 엉덩이를 꽉 움켜쥐었다.

"으음, 흐으음."

그는 유혹과 만족이 뒤섞인 듯한 소리를 냈다.

브리아나는 대답하지 않았다. 다만 엉덩이로 슬며시 반대하는 동작을 취했을 뿐이다. 평소라면 이런 몸짓을 이해하고 로저는 손을 놓았을 터였다. 하지만 지금은 손을 놓긴 했지만, 두 손 중 하나만을 놓았을 뿐이다. 다른 손은 브리아나의 다리 아래를 파고들었다. 치마를 잡아 걷어 올리려는 의도가 분명했다.

그녀는 급히 손을 뻗어 더듬대는 로저의 손을 잡았다. 그리고 그 손을 위로 올려 자신의 가슴에 얹었다. 다른 상황에서라면 기꺼이 응하겠지만 오늘은 아니라는 뜻에서였다. 특히 지금 같은 순간엔…….

로저는 보통 브리아나의 몸짓이 무얼 의미하는지 잘 읽어냈지만, 지금은 위스키에 취해 그런 능력이 사라진 모양이었다. 아니야, 문득 그녀는 이런 생각이 들었다. 내가 싫든 좋든 상관없이 하겠다는 건지도…….

"로저!"

브리아나는 거칠게 속삭였다.

그는 다시 콧노래를 부르고 있었다. 그 소리는 막 끓기 시작한 찻주전자가 덜커덩거리는 듯한 낮은 소리처럼 들리기도 했다. 로저는 그녀의 다리 아래로 손을 내려 치마를 올리고는 그녀의 허벅지 살을 뜨겁게 어루만지고 재빨리 위쪽을 더듬어 올라갔다. 위쪽으로, 또 안으로. 제미는 기침을 하며 엄마의 품에서 몸을 움찔했다. 브리아나는 그만하라는 신호로 로저의 정강이를 걷어차려 했다.

로저는 그녀의 목덜미에 대고 속삭였다.

"맙소사, 넌 참 아름다워. 세상에, 정말 아름다워. 너무 아름다워…… 너무……. 흐으음."

그다음 말은 살갗에 대고 말한 탓에 콧소리처럼 들렸지만, 그녀는 로저가 방금 "미끄러워"라고 한 줄 알았다. 그의 손가락이 목표 지점에 이르자 그녀는 등을 구부려 몸을 비틀며 벗어나려 했다.

"로저!"

브리아나는 목소리를 낮추어 말했다.

"로저, 사람들이 가까이 있다고!"

게다가 코를 고는 아기가 문 지지대처럼 자신의 앞에 꼭 붙어 있지 않은가.

하지만 로저는 아랑곳하지 않고 무어라 웅얼거렸다. 잘 들리지 않는 와중에도 "어둡잖아"라거나 "아무도 안 봐" 같은 단어를 알아들을 수 있었다. 이어서 엉덩이를 꼭 잡은 손이 떨어지더니, 곧바로 치맛자락을 와락 쥐고 걷어 올리기 시작했다.

그는 계속 콧노래를 흥얼거리다가 간간이 멈추고 중얼댔다.

"사랑해. 너무 사랑해……."

브리아나는 뒤로 손을 뻗어 그의 손을 잡으려고 애쓰며 대꾸했다.

"나도 사랑해. 로저, 이제 그만해."

로저는 순순히 말을 듣는가 싶더니 곧바로 팔을 뻗어 그녀의 어깨를 잡았다. 몸이 털썩 움직이나 싶던 순간, 그녀는 저 하늘에 아스라이 뜬 별을 보고 누운 자세가 되었다. 그도 잠시, 로저의 머리와 어깨가 불쑥 나타나 그 별빛이 가려졌다. 그는 엄청나게 바스락대는 건초에 누워 옷을 풀어 헤친 브리아나의 몸 위로 올라왔다.

"제미가―"

그녀는 제미 쪽으로 손을 홱 뻗었지만, 아이는 등을 감싸던 엄마의 몸이 사라졌어도 전혀 개의치 않는 것 같았다. 몸을 둥글게 말고 건초 속에 누운 작은 몸이 꼭 동면에 들어간 고슴도치 같았다.

게다가 로저는 하필이면 지금 노래를 불러 댔다. 이 소리를 노래라고 할 수 있을까. 아니면 그저 가사를 읊조린다고 해야 할까. 가사를 들어 보니 아주 추잡한 스코틀랜드 민요였다. 옥수수를 빻아 달라며 찾아와 졸라 대는 아가씨 때문에 귀찮아 하는 물방앗간 주인의 이야기였는데, 지금 그가 브리아나를 괴롭히는 꼴이 딱 가사 같았다.

"그는 여자를 자루 위에 내던졌다네, 거기서 여자는 옥수수를 빻았네, 옥수수를 빻았네⋯⋯."

로저는 그녀의 귓가에 대고 뜨겁게 노래를 읊조리며, 온몸의 무게로 그녀를 꼼짝 못 하게 눌렀다. 별들이 저 하늘 위에서 미친 듯이 맴돌았다.

문득 로저가 로니를 두고 "성욕을 풀풀 풍겨 대는 놈"이라고 했던 말이 떠올랐다. 그게 그저 관용 어구라고 생각했지만, 지금 보니 로저가 바로 그랬다. 맨살이 서로 닿았고, 그다음이 이어졌다. 브리아나는 숨을 헐떡였다. 로저도 마찬가지였다.

"오, 세상에."

로저가 중얼거렸다. 그는 몸으로 브리아나 위의 하늘을 가리며 잠시 몸을 굳혔다가, 이내 위스키 향기 가득한 황홀경에 빠져 한숨을 내쉬고는 콧노래를 부르며 그녀와 함께 움직이기 시작했다. 다행히도 주변은 어두웠지만 완전히 캄캄하지는 않았다. 타고 남은 모닥불이 로저의 얼굴을 으스스하게 비추어, 언뜻 본 그의 얼굴은 앙상하게 여윈 커다랗고 검은 악마 잉가에게 쒼 것 같았다.

편안히 누워 이 순간을 만끽하자. 브리아나는 속으로 생각했다. 건초는 심하게 바스락거렸지만, 근처에서도 바스락거리는 소리가 들렸다. 만灣에 자라는 나무 사이로 불어오는 바람 소리가 제법 거세어 다른 모든 소리를 묻어 버렸다.

브리아나가 당황한 마음을 간신히 억누르고 이 행위를 진심으로 즐기기 시작하려는데, 로저가 그녀의 하반신을 손으로 들어 올렸다.

"나에게 다리를 감아."

그는 속삭이며 치아로 브리아나의 귓불을 물었다.

"다리를 내 허리에 감고 뒤꿈치로 내 엉덩이를 쳐."

반쯤은 그 말에 음란하게 화답하듯, 또 반쯤은 아코디언처럼 이 남자의 숨을 꽉 짜내고 싶다는 욕망으로, 브리아나는 다리를 벌리고 휘둘러 몸을 눌러 오는 그의 허리를 꽉 조였다. 로저는 황홀한 신음을 내뱉으며 몸짓에 더욱 박차를 가했다. 음란함이 점점 기세를 더해 갔다. 그녀는 지금 여기가 어딘지도 잊다시피 움직였다.

필사적으로 매달리며 그의 몸을 짜릿하게 만끽한 브리아나는 등을 구부러뜨리며 몸부림치다가 그의 열기와 어둠 속에 적나라하게 드러난 허벅지와 엉덩이에 닿는 서늘한 밤바람의 감촉에 전율했다. 그녀는 떨고 신음하면서 건초에 누워 녹아내렸다. 다리는 여전히 로저의 엉덩이를 감싸고 있었다. 뼈도, 감각도 전혀 느껴지지 않은 채, 브리아나는 머리를 옆으로 떨구고는 천천히, 나른하게 눈을 떴다.

다른 누군가가 그곳에 있었다. 어둠 속에서 움직임이 보이자 그녀는 얼어붙고 말았다. 퍼거스였다. 아들을 데리러 온 것이다. 제르맹에게 프랑스어로 말하는 그의 중얼거림이 들렸다. 이어서 건초를 가만히 밟으며 움직이는 발소리가 바스락 들려왔다.

브리아나는 여전히 다리를 로저의 몸에 얽은 채로 누웠다. 심장이 쿵쿵 뛰었다. 한편, 로저는 다시금 차분한 성정으로 돌아왔다. 어둠 속에서 긴 머리카락을 브리아나의 얼굴 위에 거미줄처럼 늘어뜨리고 그는 중얼거렸다.

"사랑해…… 아, 맙소사. 널 사랑해."

그리고 천천히, 부드럽게 몸을 숙였다. 귓가에 내려앉은 그의 숨결이 속삭였다.

"고마워."

그는 브리아나의 몸 위에서 가쁜 숨을 몰아쉬며 따스한 무의식 속으로 반쯤 가라앉았다.

"아, 그런 말 마."

그녀는 평화롭게 반짝이는 별을 올려다보며 말했다.

『눈과 재의 숨결』에서 발췌

제5장

끔찍한 섹스

앞서 언급했듯, 모든 섹스 장면이 항상 로맨틱하고 서로 감정을 주고받는 **좋은** 의미의 섹스는 아니다. 어떤 장면이든 성적 맥락을 글에 이용하면 자연스러운 갈등과 긴장감, 흥미를 고조시킬 수 있다. 그래서 상호 만족이 전혀 목적이 아닌 섹스 장면도 엄연히 존재한다.

그중에서도 합의되지 않은 끔찍한 섹스 장면에서는 굳이 감정을 드러낼 필요가 없다. 그것은 명백하다. 효과적인 광고나 지면 레이아웃에 여백이 꼭 있는 것처럼 강렬한 장면에는 엄청난 절제가 필요하다. 이런 장면에서는 가능한 한 단순하게 상황을 제시해야 한다. 작가가 구구절절 부연 설명을 해 봤자 별 효과가 없다. 여백도 레이아웃의 한 요소인 것처럼, 절제된 언어는 감정 구조의 중요한 요소다.

물론 이런 끔찍한 섹스 장면 중 가장 자주 등장하는 소재는 적나라한 강간이다. 하지만 다른 유형도 존재한다. 예를 들어, 등장인물이 서로를 공격하기 위한 무기로 섹스를 이용하거나 또는 그 장면에 긴장감이나 불편함을 주려는 목적으로 성적 맥락을 사용하는 경우다.

이제 두 쌍의 섹스 장면을 살펴보겠다. 각 쌍의 첫 번째 장면은 강간·합의되지 않은 성관계로 매우 단순하다. 그다음 이어지는 두 번째 장면은 효과·반응·손상·치유의 과정을 보여 준다. 여기에서도 노골적이든 암시적이든 섹스가 포함되어 있다.

예시 6:
납치와 구타

다음은 클레어가 프레이저 씨족의 영토에 있는 집에서 납치된 장면이다. 그녀는 목에 올가미를 찬 채로 나무에 묶여서 여러 남자들 손에 붙잡혔다. 그중에는 모르는 사람도 있고, 아는 사람도 있다.

새 방문자가 누구인지 알아챘을 때 떠오른 유일한 생각은 이것이었다. **제이미 프레이저, 이 새끼야. 대체 어디 있니?**

나는 움직임을 멈췄다. 그렇게 하면 어떻게든 내 몸이 보이지 않으리라는 것처럼 말이다. 그 남자는 내 앞으로 다가오더니 쪼그려 앉아 내 얼굴을 들여다보았다.

"이젠 별로 안 웃기겠지?"

그는 스스럼없이 말을 걸었다. 보블이었다. 지금까지 도둑을 잡는 순찰대였던 사람 말이다.

"그 독일 여자들이 나한테 한 짓을 보면서, 너랑 네 남편은 참 우습다고 생각했겠지? 프레이저 나리께서는 그 여자들이 나한테 소시지라도 만들어 주려고 그랬다는 듯이 지껄이시던데. 무슨 기독교인이 성경을 읽어 주는 얼굴을 하고 말이야. 그것도 보기에 우스웠겠지?"

아주 솔직히 말하자면야, 맞다. 우스웠다. 이 남자의 말은 꽤 정확했다. 하지만 지금 나는 웃고 있지 않았다. 그는 손을 뻗어 내 뺨을 때렸다.

얻어맞는 순간 눈물이 맺혔지만, 옆에 있던 불빛이 그의 얼굴을 비췄고 푹 꺼진 남자의 얼굴에는 여전히 미소가 보였다. 꺼림칙한 느낌이 차갑게 온몸에 흘러서 나는 몸서리를 쳤다. 내가 떠는 모습을 보자 그의 미소가 더욱 커졌다. 그의 송곳니는 짧고 뭉툭해서 쥐처럼 길고 누런 앞니와 대조를 이루어 더욱 도드라져 보였다.

그는 일어서서 바지 앞섶에 손을 가져갔다.

"넌 이러면 더 재미있어할 거야. 호지가 널 당장 죽이지 않기를 바라야겠어. 그래야 네 남편에게 가서 다 이야기할 수 있을 테니까. 네 남편은 이런 장난질을 분명 좋아할 거야. 보아하니 유머 감각이 있는 놈이었거든."

그 남자애의 정액은 여전히 내 허벅지에 축축하고 끈적하게 남아 있었다. 나는 반사적으로 몸을 움츠리며 허둥지둥 일어서려 했다. 하지만 목에 걸린 올가미가 당겨져서 갑자기 몸이 일으켜 세워졌다. 올가미가 경동맥을 조이자 눈앞이 잠시 까맣게 변했다. 다시금 시야가 돌아왔을 땐, 보블의 얼굴이 바로 앞에 보였다. 그의 숨결이 내 피부에 뜨겁게 다가왔다.

보블은 내 턱을 잡고서 자기 얼굴을 내 얼굴에 갖다 댔다. 이어서 내 입술을 깨물고 짧은 턱수염을 내 뺨에 문댔다. 내 얼굴에 온통 침을 축축하게 묻히고서 물러선 보블은 나를 눕히고 위에 올라탔다.

그가 지닌 폭력성이 느껴졌다. 드러난 심장처럼 펄떡이는 폭력성은 주위를 감싼 얇은 막을 언제라도 뚫고 나올 것만 같았다. 탈출하거나 막아설 수 없다는 건 안다. 아주 사소한 구실만 생겨도 나를 해치리라는 것도 안다. 지금 내가 해야 할 일은 그저 가만히 그를 참아 내는 것뿐이었다.

하지만 그럴 수가 없었다. 그래서 그의 밑에서 몸을 들어 올리고 옆으로 굴렀다. 그가 나의 속옷을 걷어 내는 동안 그를 무릎으로 쳤다. 나의 무릎이 그의 가랑이를 비스듬히 치자, 그는 반사적으로 주먹을 뒤로 뻗더니 내 얼굴을 날카롭고 빠르게 후려쳤다.

얼굴 한가운데에서 검붉은 고통이 피어올라 머릿속을 잠식했다. 순간적으로 움직이지 못하리만큼 충격을 받은 나는 눈앞이 새까매졌다. **난 왜 이리 멍청할까, 이제 이놈은 날 죽일 거야.** 내 생각은 너무나도 명확했다. 이어서 두 번째 주먹이 내 뺨을 치자 고개가 옆으로 휙 돌아갔다. 맹목적으로 저항하려는 마음에 난 다시 움직였던 것 같다. 아닐 수도 있고.

갑자기 보블이 무릎을 꿇은 자세를 취하더니 나를 올라탄 채 주먹을 휘두르고 뺨을 내리쳤다. 둔탁하고 육중한 주먹질은 마치 모래를 덮치는 파도처럼 철썩였다. 너무나 아득한 느낌이라 고통조차 느껴지지 않았다. 나는 몸을 뒤틀고, 구부리고, 어깨를 으쓱이고, 얼굴을 바닥에 대고 보호하려 했다. 그러다 문득 그의 몸무게가 갑자기 느껴지지 않았다.

이제 보블은 일어서 있었다. 그는 나를 발로 차고 욕설을 뱉으며 반쯤은 흐느끼면서 숨을 몰아쉬었다. 그의 군홧발이 내 옆구리와 등과 허벅지와 엉덩이를 찍었다. 나는 밭은 숨을 거칠게 몰아쉬면서 어떻게든 호흡하려 했다. 맞을 때마다 몸이 휙 움직이며 부들부들 떨렸다. 바닥에 흩어진 낙엽처럼 나동그라진 채로 나는 몸 아래의 땅바닥에서 느껴지는 감각에 매달렸다. 제발 바닥으로 푹 꺼졌으면 좋겠어. 이 바닥이 날 삼켜주면 좋겠어.

갑자기 발길질이 멈췄다. 그가 숨을 몰아쉬며 애써 말을 뱉어 내는 소리가 들렸다.

"제길…… 제길…… 아, 제길……. 이 망할……년이……."

나는 나를 둘러싼 어둠 속으로 사라지려고 무기력하게 누워 있었다. 이제 그는 내 머리를 걷어차겠지. 치아가 산산조각나는 느낌이 들겠지. 두개골의 연골이 쪼개져서 뇌가 걸쭉하고 부드럽게 뭉개지겠지. 다가올 충격에 부질없이 저항하며 나는 이를 악물고 벌벌 떨었다. 아마 멜론이 으깨지며 둔중하고 끈적하게 속이 비어 가는 소리가 날 것이다. 내게도 그 소리가 들리려나?

하지만 그 소리는 들리지 않았다. 들려온 건 다른 소리였다. 빠르고 격하게 바스락거리는 이 소리가 대체 뭔지 알 수 없었다. 고기에서나 날 법한 희미한 소리, 살과 살이 부드럽게 마찰하는 소리였다. 이윽고 그는 신음을 내었고, 내 얼굴과 어깨에 따스한 점액 덩어리가 떨어졌다. 찢겨 나간 속옷 사이 드러난 맨살 위로 점액이 튀었다.

나의 몸이 싸늘하게 굳었다. 내 마음 한구석 어딘가에 존재하는 초연한 관찰자의 시선이 가만히 물었다. 이제껏 겪었던 일 중에서 지금이 단연 역겨운 일이냐고. 음, 그건 아니다. 내가 앙주 병원에서 봤던 장면들이 더 심했다. 알렉상드르 신부의 죽음은 말할 것도 없다. 비어즐리의 다락방 일도 마찬가지고……. 아미앵 야전 병원은 어떻고……. 맙소사, 아니야. 그때에 비하면 이건 아무것도 아니야.

나는 뻣뻣해진 몸으로 누워서 눈을 질끈 감았다. 그리고 과거에 겪었던 끔찍한 일들을 이것저것 떠올렸다. 그리고 여기서 이러고 있기보다 차라리 그때 중 하나에 휘말리는 게 낫겠다고 생각했다.

『눈과 재의 숨결』에서 발췌

예시 7:
구조 및 상황 파악

다음 장면은 남편인 제이미가 프레이저 영토의 사람들을 데리고 클레어를 구출한 다음 납치범들을 죄다 공격해 죽여버리는 이야기다. 지금 제이미의 가장 큰 관심사는 아내다. 무사히 집으로 데리고 온 아내가 더 이상 불안해하지 않고 정말로 안전하다고 느끼게 만들려면 어떻게 해야 할까? 물론 제이미가 다루는 것은 클레어의 감정만은 아니다.

제이미는 수줍게 살짝 고개를 숙였다.

"응, 알아요. 그냥……."

그의 손길은 아직도 내 얼굴을 차마 만지지 못하고 맴돌았다. 괴롭고 불안한 마음이 얼굴에 여실히 드러났다. 그가 나직한 목소리로 말했다.

"아, 맙소사, 아, 이런. 당신의 아름다운 얼굴이 어떻게."

"차마 볼 수 없을 정도인가요?"

나는 이렇게 물으며 눈길을 떨구었다. 얼굴이 망가졌다는 생각에 마음이 조금 아렸지만, 지금 그게 중요한 게 아니라고 애써 마음을 다독였다. 나을 거잖아. 결국은 낫는다고.

제이미의 손가락이 나의 턱을 쓸었다. 부드럽고도 단호한 손길은 이내 내 얼굴을 들어 올렸다. 나는 그와 다시 마주 보게 되었다. 제이미는 살짝 굳은 표정으로 얻어맞은 내 얼굴을 천천히 바라보며 어디를 얼마나 다쳤는지 가늠했다. 촛불 빛 사이로 보이는 그의 눈빛은 부드럽고 짙었지만, 눈꼬리는 고통으로 팽팽했다.

제이미는 조용히 말했다.

"그래요. 차마 볼 수가 없어요. 당신을 보면 내 마음이 찢어져서요. 속에 분노가 치밀어서 누구라도 죽이거나 터뜨려 버리고 싶어요. 하지만 당신을 만드신 하느님을 두고 맹세하건대, 새서나흐, 지금은 그럴 때가 아니에요. 지금은 당신과 함께 누워서 얼굴을 마주해야 할 때니까요."

나는 멍하니 대답했다.

"함께 눕는다고요? 아니…… 지금?"

제이미는 내 턱을 잡았던 손을 내렸다. 하지만 그의 눈은 깜빡이지도 않고 나를 가만히 바라보았다.

"음…… 네. 그러려고요."

내 턱이 맞아서 퉁퉁 부어 있지 않았더라면, 너무 놀라 입이 벌어졌을 것이다.

"아…… 왜요?"

"왜냐고요?"

그는 내게 되물었다. 그리고 눈길을 떨구더니 이상한 모습으로 어깨를 으쓱였다. 그가 당황하거나 기분이 나쁠 때 나오는 몸짓이었다.

"난…… 음…… 그러는 게…… 필요하니까."

너무나 어울리지 않는 반응인 건 알지만, 그냥 웃어 버리고 싶었다.

"필요하다고요? 이게 무슨 말에서 떨어졌으니 다시 타면 되는 일 정도로 보여요? 곧바로 현실의 의무를 다하라는 건가요?"

내 말에 제이미는 고개를 휙 들더니 성난 눈빛으로 날 쏘아보았다. 그는 욱하는 마음을 애써 누르며 이를 악문 채 말했다.

"아뇨. 그런데 혹시 심하게 다친 건가요?"

나는 퉁퉁 부은 눈꺼풀로 최대한 그를 노려보았다.

"지금 농담하는 것도 아니고……. 아."

마침내 그의 말이 무슨 뜻인지 서서히 감이 왔다. 순간 얼굴이 화끈거렸고 멍든 곳이 욱신대었다.

나는 깊게 심호흡을 했다. 막히지 않고 말을 할 수 있어야 했으니까.

"난 피투성이가 되도록 얻어맞았어요, 제이미. 그리고 온갖 끔찍한 방법으로 학대를 당했죠. 하지만 단 한 사람이…… 그중 단 한 사람만은……. 그는, 그러니까 그는…… 거칠게 하지 않았어요."

나는 마른침을 삼켰다. 하지만 콱 막힌 목은 꿈쩍도 하지 않았다. 눈물이 앞을 가려 촛불이 번져 보였다. 제이미의 얼굴이 제대로 보이지 않아서 나는 눈을 깜빡이며 시선을 거두었다.

그러다 내 의도보다 목소리가 거칠게 나왔다.

"아니! 난…… 심하게 다치지 않았어요."

제이미는 게일어로 무어라 나지막하게 말했다. 툭 튀어나온 말은 짧았다. 이윽고 그는 탁자에서 벌떡 일어섰다. 의자가 쾅 소리를 내며 뒤로 쓰러지자, 그는 발로 의자를 걷어찼다. 다시, 또다시, 제이미는 의자를 걷어차더니 대단히 폭력적인 발길질로 의자를 밟았다. 부서진 나뭇조각들이 주방 바닥을 가로질러 핑 소리를 내면서 식품 찬장에 박혔다.

나는 꼼짝 않고 가만히 앉아 있기만 했다. 너무 놀라서 무감각해진 나머지 괴로움조차 느낄 수가 없었다. 이런 말은 하지 말았어야 했나? 멍하니 속으로 물었다. 하지만 제이미는 분명히 알고 있었을 것이다. 나를 찾아냈을 때 물어봤겠지. "몇 명이야?" 어서 대답하라고 다그쳤겠지, 그리고 말했겠지. "전부 다 죽여."

하지만 생각해 보면…… 무언가를 안다는 것과 자세한 이야기를 듣는다는 건 다를 수밖에 없었다. 나는 그 점을 똑똑히 알고 있었다. 그래서 제이미가 의자 조각을 걷어차고 창문으로 휙 다가서는 모습을 서글프고 먹먹한 죄책감으로 바라보았다. 창문은 닫혀 있었지만, 제이미는 일어서서 두 손을 창턱에 댄 채 내게서 등을 돌리고 어깨를 들썩였다. 지금 울고 있는 걸까.

바람이 점점 거세졌다. 서쪽에서 돌풍이 닥쳐오고 있었다. 덧창이 덜컹거렸고, 굴뚝을 타고 내려온 바람에 밤새 잦아든 벽난로 불길에서 매캐한 그을음이 휙 일었다. 이윽고 돌풍이 지나가자, 다시금 사방이 조용해졌다. 벽난로의 숯에서 문득 '타닥' 하고 불씨가 타오르는 작은 소리만이 들릴 뿐이었다.

"미안해요."

나는 마침내 작은 목소리로 말했다.

그 말에 제이미는 뒤로 돌아서더니 나를 노려보았다. 그는 울고 있지 않았다. 하지만 운 흔적은 남아 있었다. 뺨이 젖어 있었으니까.

"어떻게 미안하단 말을 해요! 난 사과 안 받아요, 알겠어요?"

그는 버럭 소리쳤다. 그리고 탁자 쪽으로 성큼 다가서더니 주먹을 내리쳤다. 위에 올려 둔 소금 통이 공중에 살짝 떴다가 옆으로 쓰러졌다.

"미안해하지 말라고!"

나는 반사적으로 눈을 질끈 감았지만 억지로 다시 떴다.

"알았어요. 안 할게요."

이렇게 대답하자 다시 너무나 끔찍하리만큼 피곤이 몰려왔다. 이제는 내가 울고 싶었다.

격양된 침묵이 흘렀다. 집 뒤편의 자그마한 숲에서 바람에 날려 밤이 떨어지는 소리가 들렸다. 하나, 또 하나, 또 계속해서 숨죽인 후드득 소리가 비 오듯 들려왔다. 이윽고 제이미는 떨리는 숨을 깊이 들이쉬고는 소맷자락으로 얼굴을 닦았다.

나는 탁자에 팔꿈치를 괴고서 양손으로 머리를 짚었다. 더는 들고 있을 수 없으리만큼 머리가 무거웠다.

"필요하다고, 아까 필요하다고 말했죠?"

나는 탁자 상판에다 대고 다소 차분한 목소리로 말했다.

"아이를 가졌을지도 모른다는 생각 안 해 봤어요?"

제이미는 다시금 마음을 다잡은 기색이었다. 그의 말은 마치 내일 아침에 죽과 함께 베이컨을 먹을 계획인지 물어보는 것처럼 차분했다.

나는 깜짝 놀라 그를 바라보았다.

"난 임신 안 했어요."

하지만 나의 두 손은 반사적으로 배를 만졌다. 그리고 한층 격하게 했던 말을 되풀이했다.

"아니라고. 그럴 리 없다고요."

하지만 임신했을 수도 있었다. 불가능한 일은 아니니까. 가능성이 희박하긴 했지만, 아예 없진 않았다. 보통 나는 나름의 피임법을 사용해 왔다. 혹시 모르는 일이니까. 하지만 분명히 그땐……

"난 임신하지 않았어요. 했다면 내가 먼저 알았을 거예요."

제이미는 눈썹을 치켜뜬 채로 그저 나를 빤히 바라보았다. 아니, 나는 모른다. 지금은 임신을 알아차리기엔 너무 이른 시기였다. 만약 임신했다 해도, 한 명이 아닌 여러 남자가 있었다 해도 너무 이른……. 그러니 의심의 여지가 있었다. 일단 임신했다고 믿어 봄 직한 상황이었다. 그래서 제이미는 나에게 아까의 제안을 한 것이다. 본인을 위해서도.

자궁 깊숙이서부터 전율이 일더니 순식간에 온몸으로 퍼졌다. 방 안은 따뜻했지만 내 살갗에는 소름이 돋았다.

"마사." 그때 남자가 속삭였었지. 나를 나뭇잎 위로 깔아뭉개면서.

"제길. 이런 제길."

나는 아주 나직하게 속삭였다. 그리고 손바닥을 탁자 위에 펴고서 애써 생각을 해 보려 했다.

"마사." 남자의 퀴퀴한 냄새가 떠올랐다. 축축한 채로 드러난 허벅지에 느껴졌던 두툼한 살덩이와 머리카락을 마구 긁어대던……

"아니야!"

혐오감이 확 치밀면서 다리와 엉덩이가 어찌나 바짝 죄어들던지 나는 의자에서 5센티미터쯤 몸을 떼고 말았다.

"당신은 정말로—"

제이미는 고집스레 다시 말을 시작했지만, 나 역시 그만큼 고집스럽게 대꾸했다.

"임신 안 했어요. 하지만 임신했다 해도, 지금은 나와 자서는 안 돼요, 제이미."

그는 나를 바라보았다. 그 눈빛에는 공포의 기색이 스치고 지나갔다. 그 순간, 충격적인 깨달음이 왔다. 제이미가 두려워하는 것이 바로 이거였구나. 두려운 게 하나만이 아니라도, 분명히 이것도 있구나. 나는 재빨리 대답했다.

"같이 잘 수 없다는 뜻이 아니에요. 물론 내가 임신하지 않았다고 거의 확신하지만요, 역겨운 성병에 걸리지 않았다는 보장이 없어서 그래요."

그 점은 지금까지 생각해 본 적 없던 점이었다. 다시금 소름이 본격적으로 확 돋았다. 임신 가능성은 낮았다. 하지만 임질이나 매독에 걸렸을 가능성은 낮지 않았다.

"우린, 우린 지금 하면 안 돼요. 내가 페니실린을 복용한 다음에 해야 해요."

나는 말하면서 의자에서 일어섰다. 제이미는 깜짝 놀라 물었다.

"어디 가요?"

"진료실에요!"

복도는 어두웠고, 내 진료실에는 불을 피워 놓지 않았지만, 그래도 난 그곳에 들어갔다. 진열장 문을 휙 열고 급히 안을 더듬었다. 잠시 후 어깨 위로 불빛이 비쳐 들어 진열된 병들을 은은히 비췄다. 제이미가 촛불을 들고 내 뒤를 따라온 것이다.

"대체 뭐 하는 거예요, 새서나흐?"

"페니실린 찾아요."

나는 병 하나와 뱀 이빨로 만든 주사기를 넣어 둔 가죽 주머니를 잡았다.

"지금?"

"그래요, 지금 당장요! 촛불 좀 켜 줄래요?"

제이미는 방의 촛불을 켜 주었다. 이윽고 일렁이는 불빛이 따스한 노란색으로 둥글게 빛나며 내가 직접 만든 주사기의 가죽 튜브 위에 비쳤다. 다행히도 나는 페니실린 용액을 많이 갖춰 두었다. 병에 든 용액은 분홍색이었다. 이 병의 페니실륨 군락은 상한 포도주에서 자라난 것이었다.

"이게 효과가 있을 거라 확신해요?"

제이미는 어둠 속에서 조용히 물었다.

"아뇨. 하지만 가진 게 이것뿐이라서."

나는 대답과 함께 입을 꾹 다물었다. 시시각각 내 핏속에서 조용히 증식하고 있을 매독균을 생각하자 손이 부들부들 떨렸다. 페니실린에 문제가 있을 수도 있다는 생각까지 들었지만,

애써 두려움을 눌렀다. 이 페니실린은 심각한 표층 감염부에 이미 놀라운 효과를 보였잖아. 그러니 의심할 이유가 전혀—

"내가 할게요, 새서나흐."

제이미는 내 손에서 주사기를 빼앗아 갔다. 내 손가락은 땀에 젖어 미끄러웠고 제대로 물건을 쥐지도 못했다. 하지만 그의 손은 흔들림이 없었다. 주사기를 채우는 그의 얼굴이 촛불의 불빛 속에 차분해 보였다.

"그럼 내가 먼저 맞을게요."

제이미는 주사기를 돌려주며 말했다.

"뭐라고요? 당신이요? 하지만 당신은 그럴 필요가 없어요. 당신은, 그러니까, 주사를 싫어하잖아요."

나는 힘없이 말을 맺었다. 하지만 제이미는 짧게 피식거리더니 나를 지그시 바라보았다.

"잘 들어요, 새서나흐. 내가 스스로 품은 두려움에, 또 당신의 두려움에 맞서 싸울 마음이라면 말이죠, 살짝 따끔한 정도로 호들갑 떨지는 않을 거라고요. 난 맞서 싸울 거란 말입니다. 알겠어요? 어서 놔요!"

그는 옆으로 돌아서서 몸을 굽히고는 작업대 위에 한쪽 팔꿈치를 짚었다. 그리고 킬트 옆쪽을 걷어 올려 근육질의 엉덩이를 드러냈다.

웃어야 할까, 아니면 울어야 할까. 다시 한번 논쟁을 벌일 수도 있을 것이다. 하지만 마치 블랙 마운틴Black Mountain처럼 고집스레 서서 엉덩이를 드러낸 제이미의 모습을 슬쩍 보자, 논쟁해 봤자 소용없다는 생각이 들었다. 제이미가 한번 마음을 먹으면 우리 둘 다 그 결과를 감수해야 했으니까.

갑자기 이상하게도 침착해진 나는 주사기를 들었다. 그리고 튜브를 부드럽게 쥐어짜 공기 방울을 빼냈다.

나는 제이미를 무례하게 쿡쿡 찌르며 물었다.

"무게 중심을 바꿔 봐요. 이쪽 힘을 빼요. 바늘을 부러뜨리고 싶지 않으니까."

그는 숨을 가쁘게 들이쉬었다. 주삿바늘은 두꺼웠고, 알코올을 듬뿍 묻혀 놓아서 심하게 따가웠다. 그때는 몰랐지만, 1분 후 내가 직접 주사를 맞아 보자 알 수 있었다.

"악! 아야! 오, 예수고 루스벨트고 아파 죽겠네! 제길! 정말 아프네요!"

나는 허벅지에서 바늘을 빼내며 이를 악물고 소리쳤다.

제이미는 여전히 엉덩이를 문지르면서 비뚜름한 미소를 지었다.

"아, 뭐. 이제 앞으로 할 일이 제아무리 아파도 이것보다는 아니겠죠."

앞으로 할 일이라. 갑자기 공허함이 느껴졌다. 일주일은 아무것도 안 먹은 것처럼 머리가 멍했다. 나는 주사기를 내려놓으며 물었다.

"당신, 정말 마음을 먹었어요?"

"아뇨. 사실은 모르겠어요."

제이미는 심호흡을 하고서 나를 보았다. 일렁이는 촛불에 그의 굳은 얼굴이 보였다.

"하지만 노력할 마음이에요. 그래야 하니까."

나는 주삿바늘이 뚫린 허벅지 위로 리넨 잠옷 자락을 매만지며 제이미를 바라보았다. 그는 오래전부터 속마음을 숨김없이 드러내 왔다. 그의 얼굴에는 의심과 분노, 공포가 모두 절망 어린 선으로 선명하게 새겨져 있었다. 이번만큼은 평소와 달리 내 얼굴이 읽기 힘들지도 모르겠구나. 멍투성이가 되어 버렸으니까, 라는 생각이 들었다.

무언가 부드러운 것이 내 다리를 스치며 작게 "냐아!" 하고 울었다. 아래를 내려다보자 애드소가 물어다 놓은 죽은 들쥐가 보였다. 고양이가 나를 동정한다는 뜻이로구나. 나는 미소를 지으며 입술이 따끔거리는 것을 느꼈다. 제이미를 올려다보며 웃음기 어린 미소를 짓자 입술이 갈라져 혀끝에서 따스하고 비린 피 맛이 났다.

"뭐…… 당신은 내가 필요할 때마다 언제든 와 주었잖아요. 이번에도 그러는 거라 생각해요."

그는 어설픈 나의 농담을 제대로 이해하지 못하고 잠시 멍한 표정을 지었다. 그러다 갑자기 깨달았는지, 피가 얼굴로 확 몰렸다. 그의 입술이 떨리더니 다시금 경련을 일으켰다. 충격과 동시에 웃고 싶은 마음도 들어서 어쩔 줄 모르겠는 얼굴이었다.

제이미가 내게서 등을 돌리자 처음에는 얼굴을 안 보여 주려고 그러는 줄 알았다. 하지만 알고 보니 그는 진열장을 뒤지고 있었다. 이윽고 원하는 것을 찾아냈나 보다. 제이미는 내가 가장 좋아하는 머스캣 와인 병을 들고 돌아섰다. 어둠 속에서 빛나는 병을 든 제이미는 옆구리에 와인 병을 끼더니, 한 병 더 꺼냈다.

그는 다른 쪽 손을 내게 내밀며 말했다.

"네, 그러죠. 하지만 우리 둘 다 맨정신으로는 못 할 거예요, 새서나흐. 설마 맨정신으로 그럴 생각은 아니었겠죠?"

주방에서 할 수는 없었다. 아직도 감정의 잔해가 널려 있었으니까. 진료실도 안 된다. 여기엔 뾰족하게 날 선 기억이 잔뜩 남았으니까. 제이미는 머뭇거리다가 한쪽 눈썹을 치켜뜨며 계단 쪽을 고갯짓했다. 나는 고개를 끄덕이고 그를 따라 우리의 침실로 올라갔다.

익숙했던 곳을 잠시 떠나 있으면 으레 그렇듯, 침실은 낯익으면서도 낯설었다. 아마도 내가 코를 다쳐서 냄새를 이상하게 파악한 탓에 더욱 그런지도 몰랐다. 아니면 그냥 그런 냄새가 났다는 건 내 상상일 수도 있다. 모든 곳을 쓸고 먼지를 털었는데도 차가우면서 어딘가 퀴퀴한 냄새가 났으니까. 제이미가 벽난로의 불을 지피자 빛이 화르르 솟았다. 나무 벽 위로 밝은 빛이 여러 갈래 넘실거렸고, 연기와 뜨거운 송진 향기가 방 안을 채워서 공허한 느낌을 없앴다.

우리 둘 다 침대는 쳐다보지도 않았다. 제이미는 세면대에 놓인 초에 불을 붙인 다음 의자 두 개를 창문 옆에 놓고 어지러운 바람이 부는 바깥의 덧창을 열었다. 그리고 백랍 잔을 두 개 가져다가 술을 따르고 술병과 함께 창턱에 놓았다.

나는 방 안에 들어와 문가에 선 채로 제이미가 술을 준비하는 모습을 바라보았다. 너무나도 기이하다는 느낌만이 가득했다.

지금 난 더없이 이상한 감정의 모순을 겪고 있었다. 한편으로는 제이미가 너무나도 낯선 존재로 여겨졌다. 제이미를 만질 때 편안했던 기억을 떠올리기는커녕 아예 만진다는 상상조차 할 수 없었으니까. 그의 몸은 더는 내게 편안함으로 다가오지 않았다. 그저 낯설고 접근할 수 없는 대상이 되어 버렸다.

하지만 동시에 놀라우리만큼 솟구치는 욕망이 경고도 없이 내 몸을 찢었다. 사실은 온종일 그 욕망에 시달렸다. 이것은 언제나처럼 익숙하게 천천히 달아오르는 욕망과는 전혀 달랐다. 불꽃처럼 이는 순간의 정념도 아니었다. 심지어 전적으로 본능적인 짝짓기 욕구, 생각 없이 주기적으로 돌아오는 자궁의 갈망도 아니었다. 이 욕망은 너무나 무서웠다.

제이미는 몸을 굽혀 다른 나뭇가지를 불에 넣었다. 나는 머리에 쏠렸던 피가 한꺼번에 빠져나간 나머지 비틀거릴 뻔했다. 벽난로 불빛이 제이미의 팔에 난 털과 얼굴의 움푹한 곳을 비추자…….

탐욕스러운 허기가 어찌나 비인간적인 감각으로 다가오던지. 그것은 나를 사로잡은 감각이었지만, 원래 나의 일부였던 감각이 아니었다. 그 점이 나는 너무나 두려웠다. 낯선 느낌 때문이 아니라 바로 그 두려움 때문에 나는 제이미의 손길을 피했다.

"새서나흐, 괜찮아요?"

그는 내 얼굴을 보더니 눈살을 찌푸리며 이쪽으로 다가왔다. 나는 손을 들어 그를 막았다.

"괜찮아요."

숨이 찼다. 무릎이 풀려서 급히 의자에 앉은 다음, 나는 제이미가 방금 따라 놓은 잔 하나를 들었다.

"음……. 건배해요."

그러자 제이미는 눈썹을 양쪽 다 치켜올렸지만, 이쪽으로 다가와 의자에 앉아 날 마주 보았다.

"건배."

그는 조용히 대답하고는 자기 잔을 내 잔에 부딪쳤다. 내가 든 잔에서 묵직하고 달콤한 와인의 향기가 났다.

내 손가락은 차가웠다. 발가락도, 코끝도 마찬가지였다. 체온 역시 경고 없이 바뀌었다. 1분 뒤에는 온몸이 후끈해지고 땀에 젖어 새빨개졌던 것 같다. 하지만 또 잠시 후에는 다시 차가워지면서 창문으로 불어 드는 비 섞인 바람에 파르르 떨게 되었다.

콧속 점막이 상했어도 와인 향이 무척 강해서 독하게 느껴졌다. 단맛은 신경계와 위장을 모두 달래 주었다. 나는 첫 잔을 재빨리 비운 다음 한 잔을 더 따랐다. 어떻게든 빨리 자그마한 망각을 현실과 나 사이에 드리우고 싶었다.

제이미는 나보다 천천히 술을 마셨지만, 내가 잔을 채우자 그도 자신의 잔을 채웠다. 벽난로 옆에서 따스하게 데워진 삼나무 장롱이 익숙한 향기를 방 안에 풍기기 시작했다. 제이미는 이따금 나를 쳐다보았을 뿐, 아무 말도 없었다. 엄밀히 말해서 우리 사이의 침묵은 어색하지 않았다. 하지만 점점 긴장감은 짙어져만 갔다.

뭔가 말해야 해, 라는 생각이 들었다. 하지만 무슨 말을 해? 나는 머릿속을 마구 헤집는 기분으로 두 번째 잔을 홀짝였다.

마침내 나는 천천히 손을 뻗어 제이미의 코를 만졌다. 피부 위로 가느다랗고 길게 난 하얀 흉터 자국이 있는 곳이었다.

"그거 알아요? 당신이 어쩌다가 코뼈가 부러졌는지 나한테 말해 준 적 없다는 거. 누가 그랬어요?"

내 말에 그는 미소를 지으며 무의식적으로 살짝 코를 만졌다.

"아, 그거요? 다른 사람 짓이 아니에요. 코가 깨끗하게 부러져서 그나마 다행이었죠. 그때 난 코가 어떻게 되든 전혀 신경 쓰지 않았거든요."

"그랬을 것 같아요. 당신 말을 듣기론—"

나는 입을 다물었다. 갑자기 제이미가 한 말이 기억나서였다. 내가 에든버러에서 인쇄소를 운영하는 제이미를 다시 찾아냈을 때, 언제 코가 부러졌는지 물어봤었으니까. 그때 제이미는 이렇게 대답했다. "내가 당신을 마지막으로 보고 나서 3분 후에 이랬어요, 새서나흐." 그렇다면 컬로든 전투 전날이다. 스코틀랜드 언덕에 있는 환상열석環狀列石 선돌 아래에서 그랬구나.

나는 살짝 힘없는 목소리로 말했다.

"미안해요. 그때 생각하고 싶지 않죠?"

제이미는 내 손을 꽉 잡고서 나를 지그시 바라보며 말했다.

"물어봐도 될 것 같아요."

그의 목소리는 무척 낮았지만, 눈빛만큼은 나를 똑바로 마주 보고 있었다.

"전부 다 물어봐요. 나한테 있었던 일이라면 뭐든지. 당신이 원한다면, 그래서 도움이 된다면 난 그 모든 일을 전부 되살리듯 기억할 테니까."

나는 가냘프게 대답했다.

"오, 맙소사, 제이미. 아녜요. 난 몰라도 돼요. 당신이 그 모든 일을 겪으면서도 살아왔다는 것만 알면 돼요, 난. 당신이 괜찮다는 걸 알면 돼요. 하지만……."

나는 주저하다가 입을 열었다.

"내가 뭐 하나 말해 줄까요?"

제이미는 컬로든 전투 바로 전에 무슨 일이 있었는지 설명한다. 언덕 비탈에서 잉글랜드 병사 두 명에게 공격을 받았다는 이야기다.

와인의 술기운이 제대로 돌자 내가 제대로 취했다는 게 신경 쓰였다. 그런데 이젠 술기운도 싹 사라졌다. "난 장총을 놈에게서 빼앗아 둘 다 때려죽였어요"라는 있는 그대로의 간단한 설명을 듣자, 아주 생생한 영화를 보듯 컬로든 전날 밤의 모든 이미지가 내 머릿속에 다시 돌아왔다. 그리고 무언의 메아리도 들렸다. 그녀를 위해서 사람을 죽인 건 바로 나였다, 라는 울림이었다.

토하고 싶었다. 하지만 대신 난 와인을 벌컥벌컥 들이켰다. 맛도 보지 않고 최대한 빨리 삼켰다. 무엇이 그리 신경 쓰이는 건지 묻는 제이미의 목소리가 어렴풋이 들렸다. 나는 몸을 돌려 그를 노려보았다.

"뭐가 신경 쓰이냐고? 아니, 신경 쓰인다니! 그게 무슨 멍청한 소리야! 너무 화가 나서 미치겠는데! 난 놈들에게 하찮은 인간, 아니 하찮은 물건이었다고. 마구 주무르면 주물러지는 스펀지 같은, 편리하고 따스한 물건이었다고. 맙소사, 놈들에게 난 그저 구멍이었다고!"

나는 주먹으로 창턱을 내리쳤다. 하지만 내리쳐 봤자 힘없이 탁 소리만 들려와 더욱 화가 났다. 나는 잔을 들고 돌아서서 벽에 확 던졌다. 그리고 제이미에게 대뜸 물었다.

"블랙 잭 랜들과는 이러지 않았겠지? 그놈은 당신을 알고 있었잖아? 당신 몸을 다루면서도 사람으로 보아 주었을 거잖아. 당신이 사람으로 보였다면 내가 당한 일과는 달랐을 거야. 그래도 놈은 당신을 원한 거니까."

"맙소사, 그래서 그편이 더 낫다는 건가?"

그는 불쑥 말을 뱉으며 눈을 커다랗게 뜨고 나를 빤히 바라보았다.

나는 말을 멈췄다. 숨이 가빠 왔고 현기증을 느꼈다.

"아니."

나는 의자에 털썩 앉아 눈을 감았다. 방 안이 빙빙 도는 것만 같고, 감은 눈앞에 색색의 불빛이 회전목마처럼 움직였다.

"아니. 그건 아니야. 잭 랜들은 빌어먹을 소시오패스였어. 일급 변태였다고. 그런데 이, 이⋯⋯."

나는 손을 내저었다. 그들을 제대로 표현할 말이 떠오르지 않았다.

"그들은 그저⋯⋯ 남자였을 뿐이야."

나는 내가 들어도 선명한 혐오감이 어린 목소리로 말을 마무리했다.

"남자 여럿이었죠."

제이미는 묘하게 들리는 목소리로 말했다.

"그래. 남자 여럿."

나는 이렇게 말하며 눈을 뜨고서 제이미를 바라보았다. 눈에 열이 확 일었다. 횃불 빛을 받은 주머니쥐의 눈처럼, 지금 나의 두 눈은 새빨갛게 빛나고 있을 것이다.

나는 앙심에 찬 낮은 목소리로 말했다.

"난 망할 놈의 세계 대전에서 살아남았어. 아이도 잃어 봤지. 남편도 둘이나 죽었어. 군대에서 굶어도 보고, 두들겨 맞고 상처도 입었고, 남 아래에서 무시도 당하고, 배신도 당하고, 투옥도 당하고, 강간도 당했어. 근데 지랄 맞게도 살아남더라!"

목소리가 점점 커졌지만, 멈출 수가 없었다.

"이런 걸 다 겪고도 살아남았는데, 그깟 남자들이 내 다리 사이에다 되먹지도 못한 조그만 물건을 끼우고 좀 흔들어 댔다고 해서 내가 무너져야겠어?"

나는 벌떡 일어서서 세면대 끝을 잡고 들어 올렸다. 그리고 거기 딸린 대야며 주전자, 불 켜진 초를 모조리 집어던졌다. 촛불은 곧바로 꺼졌다.

"아니, 난 무너지지 않아."

나는 아주 침착하게 말했다. 제이미는 약간 망연자실한 표정으로 물었다.

"되먹지도 못한 조그만 물건이라고?"

"아니, 당신 걸 말한 게 아니야. 난 당신 건 좋아해."

이윽고 나는 다시 앉아 눈물을 터뜨렸다.

제이미의 팔이 나를 느릿하고도 부드럽게 감싸 안았다. 나는 그 손길에 깜짝 놀라거나 몸을 빼지 않았다. 그러자 그는 내 머리를 자신의 품에 기대게 하고, 축축하고 엉킨 머리카락을 쓰다듬으며 손가락을 헝클어진 머리칼에 끼었다.

"맙소사. 당신은 작지만 정말 용감한 사람이야."

제이미가 중얼거리자 나는 눈을 감은 채로 대답했다.

"아니야. 난 용감하지 않아."

그리고 제이미의 손을 잡아 내 입술에 대면서 다시 눈을 감았다.

눈을 감은 채, 짓이겨진 입가를 그의 손마디로 쓸었다. 내 입술이 멍들었듯 그의 손도 부어 있었다. 혀로 그의 살을 건드리자 비누와 먼지, 긁힌 곳과 상처에서 비린 맛이 났다. 뼈와 이를 부러뜨리다 생긴 자국이었다. 나의 손가락은 손목과 팔의 피부 아래로 흐르는 혈관을 눌렀다. 부드러운 탄력이 느껴지면서 그 아래 단단하게 뻗은 뼈까지 눌러 보았다. 그의 혈관이 갈라지는 곳들이 느껴졌다. 제이미의 혈류 속으로 들어가 핏줄을 따라 이동하며 핏속에 형체 없이 녹아들어 그의 두꺼운 심장 벽 사이로 숨어들면 얼마나 좋을까. 하지만 그럴 수 없었다.

나는 제이미의 소매 위로 손을 뻗었다. 그리고 그의 몸을 탐험하고, 몸에 매달리고, 그 몸을 다시 알아 갔다. 그의 겨드랑이에 손을 뻗어 털을 쓸어 보다가, 비단결 같은 부드러운 느낌에 깜짝 놀랐다.

"그거 알아요? 내가 전에는 여기 만진 적 없다는 거? 진작에 만져 볼걸 왜 안 했을까."

그러자 제이미는 목소리에 긴장한 기색을 살짝 띠며 대답했다.

"맞아요. 만진 적 없을걸요. 만졌다면 내가 기억했을 테니까. 아!"

부드러운 겨드랑이 살갗 위로 소름이 쭉 돋았다. 나는 그의 가슴에 이마를 댔다. 그리고 셔츠 자락 속에서 속삭였다.

"제일 끔찍했던 게 뭔지 알아요? 내가 아는 사람이었다는 거예요. 다 아는 얼굴. 앞으로도 그들을 기억하겠죠. 그리고 그들이 죽었다는 것에, 나 때문에 죽었다는 것에 죄책감을 느끼게 되겠죠."

제이미는 부드럽지만 아주 단호하게 대답했다.

"아니에요. 놈들은 나 때문에 죽은 거예요, 새서나흐. 그리고 사악한 마음 때문에 죽은 거죠. 죄책감을 느껴야 할 사람은 그놈들이에요. 아니면 나거나."

"당신만 느껴서는 안 돼요."

나는 여전히 눈을 감은 채로 대답했다. 이 안은 어두웠고 편안했다. 아득하지만 또렷하게 나의 목소리가 들렸다. 내가 지금 하는 말이 어디서 나오는 건지 어렴풋하게 궁금해졌다.

"너는 내 피 중의 피요, 뼈 중의 뼈라. 그렇게 말했잖아요. 그러니 당신이 한 일은 나도 같이 지고 가는 거예요."

"그렇다면 당신의 맹세가 나를 구원하기를."

제이미가 속삭였다.

마치 재단사가 찢어지기 쉬운 섬세하고 묵직한 비단 천을 들어 올리듯, 천천히 기다란 손가락으로 겹겹이 천을 그러모으듯 그는 나를 일으켰다. 그리고 나를 안은 채 방을 가로질러 일렁이는 벽난로 빛에 환하게 드러난 침대에 부드럽게 내려놓았다.

그는 부드럽게 할 마음이었다. 아주 부드럽게 하자. 집으로 오는 먼 길을 한 발짝씩 뗄 때마다 걱정하는 마음으로 조심스레 계획을 세웠다. 그녀는 마음이 몹시 부서져 있어. 그러니 시간을 천천히 두면서 눈치껏 행동하자. 산산이 부서진 그녀의 마음을 한 조각씩 조심스럽게 붙여 줘야지.

그런데 막상 만나 보니, 그녀는 전혀 정중함을 바라지 않았다. 조심스러운 사랑 고백 따윈 원치 않았다. 오히려 단도직입적으로 대해 주기를, 가감 없이 거칠게 대해 주기를 바랐다. 부서졌다 해도 그 날카로운 단면으로 그를 베어 내려 했다. 술주정뱅이가 깨진 술병을 무모하게 휘두르듯이…….

잠시, 한두 번쯤 제이미는 어떻게든 그녀를 꼭 안고 부드럽게 키스하려고 안간힘을 썼다. 하지만 그녀는 품에 안긴 뱀장

어처럼 꿈틀대면서 그의 위에 올라타고는 몸을 가만두지 못하고 이쪽저쪽을 물어뜯었다.

와인을 마시며 누그러든 줄 알았건만. 그녀와 자신 둘 다 말이다. 그녀가 술을 마시면 자제력을 온통 잃어버린다는 건 알고 있었다. 하지만 그녀가 뭘 억누르고 있는지 깨닫지 못했기에, 그는 막연히 아프게 하지 않기 위해 그녀를 와락 움켜잡으려고 했었다.

다른 사람은 몰라도, 그는 알아야 했는데. 이건 공포나 슬픔이나 고통이 아니라는 것을. 바로 분노였다는 것을.

그녀는 그의 등을 할퀴었다. 그는 부러지는 손톱을 느끼며 무심코 이런 생각을 했다. 그래, 차라리 잘됐어. 지금 그녀는 싸우고 있잖아. 생각은 거기에서 멎었다. 그 역시 분노에 사로잡혀 버렸으니까. 저 산 위에 검게 내리치는 천둥처럼 분노와 욕망이 그를 덮쳤다. 거친 감정들은 마치 구름처럼 그의 눈으로부터 모든 것을 숨기는 동시에 모든 것의 눈으로부터 그를 숨겼다. 그렇게 친밀감은 사라지고 그는 홀로 어둠 속에 낯설게 남겨졌다.

그가 움켜쥔 것은 그녀의 목이었던가. 아니, 다른 이의 목이었을지도 모른다. 어둠 속에서 작고 오돌토돌한 뼈의 촉감이 느껴졌다. 그의 손에서 죽어 간 토끼들의 비명도 느껴졌다. 그는 먼지투성이와 피투성이가 된 채로 회오리바람 안에서 일어섰다.

분노가 끓어올라 그의 고환에서 응어리졌다. 그는 그녀에게 올라타 박차를 가했다. 나의 번개를 번뜩여 그녀의 자궁에서 침입자의 흔적을 모두 불태워 버리자. 그러다 우리 둘 다 뼈와 재로 불타 없어진다면, 그러도록 하자.

다시금 정신이 돌아오자 그는 온몸의 무게로 그녀를 눌러 침대에 짓뭉갠 채로 누웠다. 폐에서 숨이 흐느껴 우는 것 같았다. 두 손으로 그녀의 팔을 어찌나 세게 잡았던지 손아귀 안에 잡힌 뼈가 부러질 것 같았다.

그는 정신을 완전히 잃었었다. 이 몸이 어디까지 갔는지 알 수 없었다. 그는 머릿속으로 잠시 허둥지둥하며, 설마 내내 제정신이 아니었으면 어쩌나 겁을 먹었다. 그러다 문득 어깨에 차가운 방울이 떨어지는 느낌이 났다. 그 순간, 마치 충격을 받은 수은처럼 그의 흩어졌던 감각이 한꺼번에 휙 모여들었다. 그는 덜덜 떨며 섬뜩함을 느꼈다.

그는 아직 그녀와 이어져 있었다. 깜짝 놀란 메추라기처럼 푸드덕 몸을 일으키고 싶었지만, 가까스로 천천히 움직이면서 그녀를 죽일 듯 쥐고 있던 손가락을 하나씩 풀고 몸을 일으켰다. 하지만 제아무리 조심스럽게 움직이려 노력해도 마치 자신의 몸무게가 저 하늘의 천체들만큼이나 무겁고 거대하게만 느껴졌다. 시트 위의 그녀는 뭉개지고 납작해진 생기 없는 형체가 되었을 거란 생각도 들었다. 하지만 용수철처럼 휘어진 그녀의 갈비뼈가 위아래로 오르락내리락하는 모습을 보자 강한 안심이 들었다.

또다시 차가운 물방울이 목덜미에 떨어지자, 그는 놀라서 어깨가 움츠러졌다. 그 움직임을 알아챈 그녀는 고개를 들었다. 충격 어린 눈동자가 서로 마주쳤다. 그녀 역시 놀라기는 마찬가지였다. 낯선 이들이 벌거벗은 채로 마주칠 때 겪는, 그런 충격이었다. 그녀의 눈길은 그를 외면하고서 천장을 향했다. 이윽고 그녀가 속삭였다.

"지붕이 새고 있어요. 어딘가 물이 고여 있나 봐요."

"아."

그는 비가 내리는지도 몰랐다. 방 안은 깜깜해진 바깥 탓에 어둑해져 있었고, 빗줄기는 지붕을 두드려 대고 있었다. 빗소리는 마치 밤중에 들리는 보란*의 박자처럼, 숲속에서 울리는 그의 심장 박동처럼 핏줄을 타고 들려왔다.

그는 몸서리를 치면서 아무런 생각 없이 그녀의 이마에 입맞추었다. 순간, 그녀의 팔이 올가미처럼 휙 올라오더니 그를 격하게 안고서 다시금 자기 쪽으로 끌어당겼다. 그도 그녀를 꽉 붙잡아 온몸의 숨이 빠져나갈 정도로 으스러지게, 절대로 놓치는 일이 없도록 안았다. 그리고 브리아나가 했던 말을 어렴풋이 생각했다. 우주를 회전하는 거대한 구체가 있다고 했

---

* 아일랜드의 전통 타악기.

었지. 중력이라는 게 있다고 했지. 뭐 그리 막중한 거라고 중력이라고 부르나? 그런데 지금은 알 것 같았다. 희박한 공기 중에서 상상할 수 없을 정도로 거대한 덩어리가 받쳐 줄 것도 없이 균형을 잡으려면 그만큼 거대한 힘이 있어야겠지. 그런 거대한 덩어리들이 서로 충돌하면서 파괴적인 폭발을 일으키며 별의 연기를 자아낸다면 그 힘은 또 얼마나 크겠는가.

그는 그녀의 몸에 멍을 냈다. 그가 손으로 잡았던 팔 부분에는 검붉은 자국이 남았다. 내일이 되면 검게 변하겠지. 다른 남자들이 냈던 까만색과 보랏빛과 푸르스름하고 노르스름한 흔적이 그녀의 하얀 피부 아래로 마치 구름에 둘러싸인 꽃잎처럼 보였다.

그는 허벅지와 엉덩이에 힘을 주었다. 경련이 심하게 일어 신음을 흘리며 몸을 꿈틀거려 아픔을 누그러뜨렸다. 피부가 축축했다. 그녀의 피부 역시 마찬가지였다. 둘은 마지못해 천천히 몸을 떼어 냈다.

몇 센티미터 떨어져서 바라본 그녀의 붓고 멍든 눈은 야생 꿀처럼 흐릿했다.

"기분이 어때요?"

그녀가 조용히 물었다.

"끔찍해요."

제이미는 아주 솔직하게 대답했다. 비명을 질렀던 것처럼 목이 쉬었다. 맙소사, 정말로 질렀을지도 모르지. 그녀의 입에는 다시 피가 났다. 턱에는 붉은 얼룩이 졌다. 제이미의 입에서도 비릿한 금속 맛이 났다.

그는 목을 가다듬었다. 마음 같아서는 그녀의 눈길을 외면하고 싶었지만 그럴 수가 없었다. 그래서 핏자국을 엄지로 문질러 서투르게 지웠다.

"당신은 어때요?"

그가 물었다. 목구멍에 걸린 가시처럼 제대로 나오지는 않는 질문이었다.

그녀는 제이미의 손길에 살짝 몸을 뺐지만, 그래도 눈빛은 여전히 그를 주시하고 있었다. 이건 마치 그녀가 제이미를 꿰뚫어 더 멀리 다른 어딘가를 보고 있는 듯한 느낌이었다. 하지만 그 순간, 그녀의 눈빛에 초점이 돌아왔다. 다시 집에 데리고 온 이후 처음으로 제이미를 똑바로 바라보는 시선이었다.

"안전한 기분이에요."

그녀는 이렇게 속삭이고 눈을 감았다. 그리고 숨을 한 번 크게 들이쉬더니 온몸의 긴장을 확 풀면서 죽어 가는 토끼처럼 몸을 축 늘어뜨렸다.

그는 물에 빠져 죽어 가는 그녀를 구하듯 두 팔로 와락 안았다. 그래도 그녀가 물에 가라앉는다는 느낌은 여전했다. 가지 말라고, 날 두고 떠나지 말라고 소리치고 싶었다. 그녀는 깊은 잠에 빠져들었고, 제이미 역시 간절하게 그 뒤를 따르고 싶었다. 그녀가 낫기를 바라면서, 도망칠까 두려워하면서. 그리고 고개를 숙이고서 그녀의 향기에, 그 머리카락에 얼굴을 묻었다.

지나가는 바람이 열어 놓은 덧창을 쾅 쳤다. 캄캄한 바깥에서 부엉이 한 마리가 울자, 비를 피해 날아가는 다른 부엉이가 대답하듯 울어 댔다.

이윽고 제이미는 소리 없이 울었다. 울면서 몸을 흔들다가 혹시나 그녀가 깨어나 우는 걸 볼까 봐, 아프도록 근육에 힘을 주었다. 마음이 텅 빌 때까지, 숨이 가빠질 때까지 울면서 얼굴 아래 베개를 적셨다. 그러다 피곤하다는 생각조차 들지 않으리만큼 지쳐 누웠다. 지금은 잔다는 게 뭔지 떠오르지 않으리만큼 잠기운조차 없었다. 유일한 위안은 자신의 심장 위에 얹힌 작고도 너무나 연약한 몸이 숨을 쉬고 있다는 것뿐이었다.

그 순간, 그녀가 손을 들어 제이미의 위에 얹었다. 그의 얼굴 위로 응결한 눈물이 차갑게 흘렀다. 마치 숯과 피를 덮으며 세상에 평화를 내리는 소리 없는 눈처럼, 그녀의 하얀 손이 눈물을 닦아 주었다.

『눈과 재의 숨결』에서 발췌

앞의 예시문은 상당히 길지만, 다음의 다섯 가지 이유로 수록했다.

1.   앞의 예시문은 섹스 장면에서 감정과 신체적 묘사를

대조하며 그 중요성을 보여 준다. 신체적 묘사만 자세히 다루었다면 글의 위력이 부족해졌겠지만, 반대로 신체적 묘사가 없었더라면 역시 밋밋한 글이 되었을 것이다.

2. 독자를 성적으로 자극하는 것 말고도 섹스 장면이 무엇을 할 수 있는지를 보여 주는 훌륭한 예시를 제공한다. 이 글은 어떻게 봐도 섹스 장면이며, 궁극적으로 두 인물이 몸으로(때로는 감정적으로) 하나가 된다는 면에서 일반적인 섹스 장면에 나타나는 행동 양식을 보여 준다. 하지만 앞의 예시문은 그보다 더 많은 것을 다루고 있다.

3. 이 예시문은 여러 기법을 통해 시점의 차이를 보여 주고 있다. 첫 장면(예시 7)에서는 클레어의 시점으로 그녀의 강한 감정을 드러낼 뿐 아니라, 자신이 처한 물리적 환경을 직시하고 그 경험을 해석하는 그녀의 독특한 태도도 보여 준다. 클레어의 시점은 세세하고 날카로우며 감각적이다. 클레어는 코가 부러지고 핏덩이로 콧속이 막힌 상황에서도 자기 집의 냄새가 이상하다는 걸 알아차린다. 그녀가 주변을 인식하는 방식은 외부적이면서도 내면적이어서, 독자를 그녀의 의식과 감정은 물론이고 그 장면 자체로 끌어들인다.

그다음 장면은 제이미의 시점으로 옮겨 간다. 여기서

그의 관점은 완전히 내면적이다. 그는 방이나 침대엔 관심이 없고, 냄새가 어떤지도 모르며, 주사를 맞고 엉덩이가 계속 따끔거린다는 것이나 심지어 자신이 꽤 취했다는 사실조차 알아차리지 못한다. **오로지** 클레어와 자신 사이에 벌어지는 일에만 집중한다.

이렇듯 두 인물의 성격과 관점이 서로 다르기에, 나는 다른 기법을 사용하여 그것들을 표현했다. 클레어의 관점은 주로 신체적인 세부 묘사에 기반을 두고 상당히 복잡한 이미지를 사용했다. 물론 그녀의 감정도 다루지만, 그런 감정은 그녀가 와인 잔을 던지고 세면대를 뒤엎어 버리는 행동으로도 드러난다.

제이미의 관점은 거의 은유적으로 표현된다. 예를 들어, **"부서졌다 해도 그 날카로운 단면으로 그를 베어 내려 했다. 술주정뱅이가 깨진 술병을 무모하게 휘두르듯이⋯⋯"**라는 식이다. 물론 제이미는 구체적인 언어를 사용하지만, 그 언어로 이 상황의 세세한 부분을 표현하지는 않는다. 클레어는 그녀의 감정을 암시하고 행동으로 직접 보여 주지만, 제이미는 본인이 **느낀** 순수한 감정을 그대로 서술한다. 그리하여 제이미의 목소리는 클레어의 목소리와 분명하게 구별되는 효과를 낳으며, 이 장면의 감정을 압축하고 고조시킨다. 그들이 길고 긴 사전 준비 끝에 마침내 육체적 접촉을 하고 침대에 함께 누웠을 때, 제이미의 이런 화법은 제대로 들어맞는다.

사정과 더불어 카타르시스가 짧고 본능적으로 폭발하는 순간, 두 사람과 장면은 모두 절정에 이른다. (어떻게 보면 이 장면은 클레어가 잭 랜들의 모습을 소환하여 제이미의 영혼을 구하는 과정에서 제이미가 물리적 힘으로나 성적으로 모두 반격할 수 있게 된 『아웃랜더』의 후반부 장면이 재현되는 것이기도 하다.)

4. 섹스와 폭력 사이의 밀접한 관계성을 살펴보고 인물의 개별성을 고려하는 것이 중요하다는 것을 보여 준다. 제이미가 장면 초반에 하는 말을 자세히 보자. "**그는 부드럽게 할 마음이었다. 아주 부드럽게 하자. 집으로 오는 먼 길을 한 발짝씩 뗄 때마다 걱정하는 마음으로 조심스레 계획을 세웠다. 그녀는 마음이 몹시 부서져 있어. 그러니 시간을 천천히 두면서 눈치껏 행동하자. 산산이 부서진 그녀의 마음을 한 조각씩 조심스럽게 붙여 줘야지.**"

다른 여자나 다른 관계, 다른 상황이라면 거칠지 않게 관계하는 것이 적절하고도 유일한 접근법이었을 것이다. 하지만 이런 현실 앞에 놓인 이 여자에게는 아니다. 클레어를 정화할 수 있는 유일한 방법은 폭력이었다. (또한 폭력으로 그녀는 안심할 수 있었다. 장면 마지막 부분에서 그녀가 했던 말을 보자. 제이미의 안에서 힘과 폭력성을 느끼고 나서야 다시 안전하다는 기분이 들었다고 했다.) 여기서 가장 중요한 점은 제이미는 지금 무엇을 해야 하는지 나름의 관점을 정하고 밀어붙이는 게 아니라, 클레어가 **무엇을 원하는지에만 주의를 기울인다**는 점이다. 제아무리 다른 사람들이 합리적이라 생각하는 방식이라도, 클레어가 원하지 않는다면 제이미는 하지 않는다.

5. 마지막으로, 이 예시문은 좋은 섹스 장면이란 (그 안에서 무슨 일이 일어나든) 오직 두 사람 사이에서만 일어날 수 있는 **고유한** 장면이라는 점을 다시 한번 상기시킨다.

예시 8 :
보닛과 브리아나

브리아나는 어머니의 결혼반지를 가진 보닛 선장을 본 후, 그의 초대로 배에 올랐다가 갖은 고초를 겪게 된다. 보닛은 브리아나를 겁탈하고 위협한 다음, 그가 생각하는 대가의 개념을 드러낸다.

그는 굳이 그녀의 옷을 벗기려 들지 않았다. 그저 가슴에 꽂은 스카프만을 풀어 헤칠 뿐이다. 브리아나의 드레스는 목 부분이 네모꼴로 깊이 파인 평범한 디자인이었다. 그녀의 가슴은 볼록하고 둥글었다. 그저 한 번 아래로 홱 당기기만 했는데도 가슴이 한 쌍의 사과처럼 드레스 상체 위로 불쑥 드러났다.

보닛은 잠시 가슴을 난폭하게 만져 댔다. 커다란 엄지와 검지로 유두를 꼬집어 세우더니, 이내 브리아나를 어수선한 침대로 밀쳤다.

침대 시트는 흘린 술로 얼룩져 있었고 독한 향수와 와인 냄새, 무엇보다도 코를 찌를 듯한 묵직한 보닛의 체취가 났다. 그는 브리아나의 치마를 밀어 올리고 그녀의 다리를 자신에게 맞추었다. 그러면서 나직하게 콧노래를 흥얼거렸다. **다들 잘 있어요, 예쁜 스페인 숙녀분들…….**

브리아나는 머릿속으로 자신의 모습을 떠올렸다. 이 남자를 밀치고 침대에서 일어나 문으로 달려가는 모습, 어두운 배 안의 계단을 갈매기처럼 가볍게 내려가 격자 갑판 문을 열고 나가는 자유로운 모습이었다. 맨발 아래로 닿는 나무판자의 감촉과 어둠에 익숙해진 눈에 와닿는 뜨겁고 눈부신 여름 햇살이 어찌나 생생하던지. 하지만 그건 현실이 아니었다. 지금 그녀는 어두운 선실에 누워 선수상*처럼 목석같이 움직이지도

---

* 배의 앞부분 끝에 나무로 만들어 붙이는 조각상으로, 흔히 여자 모습이다.

못한 채, 입에서 피 맛이나 느끼고 있었다.

허벅지 사이로 맹목적이고도 집요하게 무언가가 찔러 댔다. 그녀는 공포에 사로잡혀 다리를 버둥거리며 경련을 일으켰다. 하지만 그는 계속 콧노래를 부르며 그녀의 허벅지를 잔인하게 벌려 자기 다리 사이에 단 육봉을 찔러 댔다. 보닛은 허리부터는 벌거벗었지만, 위에는 여전히 셔츠와 스톡 타이 차림이었다. 브리아나 위로 무릎을 꿇은 채 몸을 일으키자 기다란 연미복이 '거시기'의 창백한 줄기 주위로 축 늘어졌다.

그는 잠시 콧노래를 멈추고는 손바닥에 넉넉하게 침을 뱉었다. 그리고 거칠고도 철저한 손놀림으로 그것을 입구에 문질러 길을 낸 다음 작업에 착수했다. 한 손은 브리아나의 가슴을 단단히 움켜쥐고, 다른 손으로는 들어가야만 하는 정박지로 자신의 물건을 가져갔다. 그리고 이 잠자리가 얼마나 편안한지 즐겁게 한마디 한 다음, 거시기를 풀어 정신없이 쾌락으로 달려가기 시작했다. 참 고맙게도 그건 길지 않았다.

2분, 아니 3분 정도 지났을까. 드디어 끝났다. 보닛은 그녀 위에 몸을 털썩 누였다. 땀으로 구겨진 리넨 스톡 타이 아래로, 한 손은 브리아나의 가슴을 여전히 쥔 채. 그의 쭉 뻗은 금발 머리카락이 그녀의 뺨 위로 부드럽게 떨어졌고, 그의 숨결이 브리아나의 목에 뜨겁고 축축하게 흘렀다. 그래도 지금은 콧노래를 부르지는 않았다.

브리아나는 얼어붙은 채로 누워 천장을 빤히 바라보면서

끝없이 이어질 것만 같은 몇 분을 견뎠다. 반질반질한 대들보 표면으로 물그림자가 일렁였다. 보닛은 마침내 한숨을 쉬고서 그녀 옆으로 천천히 몸을 굴렀다. 그리고 브리아나를 바라보며 미소를 짓고는, 털이 북슬북슬 난 맨엉덩이를 나른하게 긁어 댔다.

"나쁘지 않았어, 자기야. 물론 난 자기보다 더 활기찬 여자를 탄 적이 많긴 해. 다음번엔 엉덩이를 좀 움직여 보면 어떨까?"

그는 일어나 앉더니 하품을 하고서 옷매무새를 고치기 시작했다. 브리아나는 침대 옆으로 조금씩 다가간 다음, 그가 자신을 막아서지 않으리라는 확신이 들자 불쑥 몸을 돌려 일어섰다. 머리가 어질하고 숨이 너무나도 차올랐다. 그의 몸집이 아직도 자신을 누르는 듯한 느낌이었다.

브리아나는 멍하니 문 쪽으로 움직였다. 문은 빗장이 질러져 있었다. 덜덜 떨리는 손으로 어떻게든 빗장을 풀려는데, 뒤에서 무어라 말소리가 들렸다. 그녀는 깜짝 놀라 몸을 휙 돌렸다.

"뭐라고 했어요?"

"반지는 책상 위에 있다고."

그는 스타킹을 도로 집더니 몸을 일으키며 말했다. 그리고 침대에 앉아 스타킹을 신으면서 벽에 기대 세워진 책상 쪽으로 아무렇게나 손짓했다.

"거기 돈도 있어. 갖고 싶은 만큼 가져가."

책상 위는 까치집처럼 어수선했다. 잉크병과 자질구레한 장신구, 액세서리 몇 점, 선하 증권, 다 낡은 깃털 펜과 은 단추, 구겨진 종이와 아무렇게나 놓인 옷가지, 그리고 은화와 동화, 동전과 금화, 여러 식민지와 국가의 돈이 여기저기 널려 있었다.

"나한테 돈을 주겠다고요?"

그녀의 물음에 보닛은 무슨 소리냐는 듯 눈썹을 찌푸리며 이쪽을 바라보았다.

"난 즐겼으면 값을 치르는 사람이야. 왜, 아닐 거라 생각했어?"

선실 안의 모든 것이 부자연스럽도록 선명하게 다가왔다. 세부적인 것 하나하나가 마치 꿈속에서 보이는 사물처럼 잠에서 깨어나면 사라질 것들 같았다.

"아무 생각도 안 했어요."

브리아나의 목소리는 아주 또렷하게 들렸지만, 동시에 저 멀리서 누군가 말하는 것처럼 아득하게 들리기도 했다. 그녀가 가슴에 꽂았던 스카프가 책상 옆 바닥에 있었다. 그가 아까 던져 버린 스카프였다. 브리아나는 그곳으로 조심스럽게 걸어갔다. 허벅지 사이로 흘러내리는 따스하고 미끈한 액체를 애써 무시하면서 말이다.

"난 정직한 인간이야. 해적치고는 정직하다고."

보닛은 그녀의 뒤에서 말하고는 웃었다. 그리고 바닥을 한

번 발로 쿵 밟아 신발을 신은 다음, 브리아나의 옆을 휙 스쳐
가 한 손으로 문빗장을 힘들이지 않고 들어 올렸다.

그리고 나가면서 책상 위로 다시금 아무렇게나 손짓하며
말했다.

"마음껏 가져가, 자기야. 넌 그럴 만했어."

『가을의 북Drums of Autumn』에서 발췌

예시 9:
제이미와 브리아나 (섹스 없는 섹스 장면)

브리아나는 고개를 휙 들었다. 마시지 않은 사과주 잔 너머
로 자신을 바라보는 아버지가 보였다. 언짢아 보이지는 않았
다. 하지만 그녀의 척수액은 살짝 굳었다. 그녀는 무릎 위로 주
먹을 꽉 쥐고는 아버지와 눈을 똑바로 마주쳤다.

"그게 도움이 될지 아닐지 알아야겠어요. 난 그놈을…… 죽
이고 싶어요. 그놈은—"

브리아나는 자신의 배를 향해 애매하게 손짓하고서 마른침
을 꿀꺽 삼켰다.

"하지만 내가 그래 봤자 별 도움이 안 된다면—"

그녀는 차마 더 말을 이을 수 없었다. 제이미는 충격을 받은

얼굴은 아니었다. 오히려 멍하니 알아보기 힘든 표정을 지었다. 그는 술잔을 들어 입에 대더니 천천히 한 모금 마셨다.

"으음. 그럼 너는 사람을 죽여 본 적이 있니?"

그는 질문처럼 말을 던졌지만, 브리아나는 그게 질문이 아닌 걸 알았다. 아버지의 입가 근육이 다시금 떨렸다. 저건 충격받은 게 아니야. 오히려 재미있어하는 거라고. 그러자 분노가 확 솟구쳤다.

"내가 못할 것 같군요? 아뇨, 할 수 있거든요? 믿으라고요, 난 할 수 있다고!"

브리아나는 손을 쫙 펴고서 무릎을 붙잡았다. 자신의 커다란 손은 능력이 있었다. 그러니 해낼 수 있다고 생각하지만, 한편으로 어떻게 죽일 것인지를 생각하면 흔들리긴 했다. 냉정하게 생각해 보면 총으로 쏘는 게 가장 좋겠지. 어쩌면 확실한 방법은 그것뿐인지도. 그러나 총으로 죽여 버리는 상상을 하면, "총으로 쏴 죽이는 건 너무 너그러운 방법이다"라는 옛말이 더없이 옳다고 실감하게 되었다.

보닛을 총으로 죽이다니, 너무 너그러운 죽음일 것이다. 그 정도로는 브리아나의 성에 차지 않는다. 꾹 참아야 했던 그때의 굴욕이 떠오르는 바람에 몸에 덮은 이불의 무게조차 견디지 못하고 발로 차 버렸던 밤마다, 그녀는 보닛이 죽어 버리는 것만으로는 부족하다고 생각했다. 자신이 그를 순수하고도 열정적으로 죽이고 싶었다. 자신의 두 손으로, 그놈이 자신에게 무력을 행사해서 상처 입혔듯, 자신도 무력을 행사해서 그놈을 죽여 버리고 싶었다.

하지만 그렇게 했다 하더라도…… 그놈의 잔상이 여전히 자신을 괴롭힌다면 죽여 봤자 무슨 소용일까? 이걸 알아낼 방법은 없었다. 단 하나, 자신의 아버지가 본인의 경험을 말해 주는 수밖에.

"말해 줄래요? 아버지는 마침내 그놈을 죽였잖아요. 그래서 도움이 되던가요?"

브리아나가 불쑥 물었다. 제이미는 곰곰이 생각에 잠긴 듯했다. 그의 눈빛이 브리아나를 천천히 훑어보며 가늠하듯 좁아졌다. 이윽고 그가 물었다.

"그래서 네가 사람을 죽인다면 뭐가 좋은 거니? 그런다고 네 배 속 아이가 없어지는 것도 아닌데. 네 처녀성이 되돌아오는 것도 아니고."

"나도 알아요!"

브리아나는 얼굴이 확 달아오르는 것을 느꼈고, 아버지와 자신에게 모두 짜증이 나서 돌아섰다. 그런데, 강간과 살인을 실컷 들먹여 놓은 자리에서 처녀성을 잃어버렸다는 말이 나와서 민망해하다니? 그녀는 억지로 몸을 돌려 아버지를 마주 보았다.

"엄마가 말해 줬어요. 파리에서 잭 랜들을 죽이려고 했다면서요. 결투에서요. 그럼 그땐 뭘 회복하고 싶었어요?"

제이미는 턱을 세게 문지르더니 입을 꾹 다물고 심호흡을 했다. 그리고 천천히 숨을 내뱉으며 천장의 얼룩진 돌을 가만히 바라보고서 나직이 속삭였다.

"나는 내 남성성을 회복하려고 했어. 나의 명예를 말이다."

"그럼 내 명예는 회복할 가치가 없다는 거예요? 아니면 나의 처녀성은 이미 버려졌으니 내 명예도 마찬가지란 건가요?"

브리아나는 조롱 조로 아버지의 억양을 심술궂게 따라 했다.

새파란 눈빛이 날카롭게 딸에게 향했다.

"너에겐 그 둘이 마찬가지니?"

"아뇨. 아니죠."

브리아나는 이를 악물고 대답했다. 그러자 제이미는 짧게 대꾸했다.

"그럼 좋아."

"어서 대답하라고요! 제길!"

그녀는 지푸라기 위를 주먹으로 확 내리쳤지만, 소리도 나지 않은 일격이라 만족감이 전혀 느껴지지 않았다.

"그놈을 죽여서 명예를 되찾았어요? 도움이 좀 됐어요? 사실대로 말해 달라고요!"

브리아나는 말을 멈추고 거칠게 숨을 쉬었다. 그리고 아버지를 노려보았다. 그는 차가운 시선으로 딸을 바라볼 뿐이었다. 그러다 갑자기 잔을 들어 사과주를 단숨에 삼키더니, 옆에 있던 건초 위에 잔을 올려놓았다.

"사실을 말이니? 사실을 말하자면, 내가 그놈을 죽였는지 아닌지 모르겠다."

그녀는 놀라서 입을 딱 벌렸다.

"놈을 죽였는지 아닌지 모르겠다고요?"

"그래."

어깨가 살짝 움찔하는 모습에서 아버지의 조바심이 드러나고 말았다. 그는 더는 앉아 있을 수 없다는 듯 불쑥 일어섰다.

"그놈은 컬로든에서 죽었다. 난 거기 있었지. 전투가 끝난 후 황무지에서 깨어났는데, 랜들의 시체가 내 위에 얹혀 있더라고. 내가 아는 건 거기까지다. 더는 몰라."

제이미는 무언가를 생각하듯 잠시 말을 멈추었다가 이내 결심한 듯이 한쪽 무릎을 앞으로 내밀고 킬트를 끌어 올린 다음 아래로 고갯짓했다.

"이걸 봐라."

오래된 흉터가 보였다. 하지만 시간이 흘렀어도 상당히 인상적인 흉터였다. 허벅지 안쪽으로 거의 30센티미터 가까이 이어진 흉터의 아래쪽 끝부분은 마치 철퇴처럼 별 모양으로 울퉁불퉁 굳은살이 얽혀 있었다. 나머지 부분은 그보다는 깔끔한 선이었지만, 그래도 굵게 얽혀 있기는 마찬가지였다.

"총검으로 그은 것 같다."

그는 냉정한 눈빛으로 흉터를 바라보며 말했다. 그리고 킬트를 내려 다시 흉터를 감추었다.

"칼날이 뼈를 때린 느낌이 기억나. 하지만 자세한 기억은 없어. 그다음에 어떻게 되었는지, 아니, 그 전도 기억이 안 나."

제이미가 소리가 나도록 심호흡을 하자, 브리아나는 처음으로 알게 되었다. 겉으로 침착해 보이긴 해도 평정심을 유지하려고 아버지는 대단한 노력을 기울이고 있구나.

"나는 그게 축복이라고 생각한다. 기억할 수 없다는 거 말이다."

마침내 제이미가 말했다. 그는 지금 브리아나를 보고 있는 게 아니라, 마구간 끝의 그림자를 응시하고 있었다.

"그 전쟁터에서 용감한 사람들이 죽었지. 내가 많이 사랑했던 사람들이 죽어 갔어. 만약 내가 그들의 죽음을 몰랐다면, 내 머릿속에서 그들을 회상하거나 떠올릴 수 없었다면, 난 그들을 죽었다고 생각할 필요가 없었겠지. 그러는 게 겁쟁이 같은 행동일 수 있지만, 아닐 수도 있어. 어쩌면 난 그날을 기억하지 않기로 결심했는지도 모른다. 기억할 수 있는데도 차마 기억을 떠올릴 수가 없는 것일 수도 있고."

제이미는 브리아나를 바라보았다. 그의 눈빛은 좀 더 부드러워졌지만, 이내 그녀에게서 시선을 돌리고는 더는 대답을 기다리지 않는 모습으로 플래드*를 휙 넘겼다.

"그 후론, 뭐, 그래. 그땐 복수란 건 중요한 게 아닌 것 같았

* 스코틀랜드 전통 복식으로, 어깨에 두르는 커다란 격자무늬 숄.

다. 그 벌판에서 천 명이나 죽었고, 나도 곧 죽으리라 생각했어. 잭 랜들은…….”

그는 잭 랜들에 관한 생각이 마치 등에라도 되는 것처럼 치워 버리려는 듯한 다급하고 기묘한 손짓을 했다.

“그놈도 죽은 자 중 하나였어. 그래서 놈을 하느님께 맡길 수 있다고 생각했었다. 그때는.”

브리아나는 심호흡을 하며 감정을 애써 억제해 보려 했다. 호기심과 동정심이 벅찬 좌절감과 서로 싸워 댔다.

“아빠는…… 그래도 괜찮잖아요. 그러니까 내 말은, 그놈이 그런 짓을 했지만요. 안 그래요?”

제이미는 화난 표정을 지어 보였다. 이해와 짜증이 뒤섞인 격앙된 표정이었다.

“그런 짓을 당했다고 죽는 사람은 많지 않지. 나도 죽지 않았고, 너도 안 죽었잖니.”

“아직은 모르죠.”

그녀는 저도 모르게 배에 손을 댔다. 그리고 제이미를 올려다보았다.

“여섯 달 후에 내가 죽나 안 죽나 알 수 있겠네요.”

그 말에 제이미는 충격을 받았다. 눈에 빤히 보였다. 그는 숨을 내쉬고서 딸을 노려보더니 불쑥 내뱉었다.

“넌 문제없을 거다. 어린 암소보다 골반이 넓으니까.”

“할머니를 닮은 건 아니고요? 다들 내가 할머니를 참 많이 닮았다고 하던데요. 할머니도 골반이 넓지 않았나요? 하지만 아기를 낳다가 돌아가셨잖아요?"

제이미는 움찔했다. 마치 그녀가 따가운 쐐기풀로 얼굴을 때린 듯 빠르고 날카로운 반응을 보였다. 이런 말을 하면 만족감이 들 줄 알았건만, 예상과 달리 아버지의 반응을 보자 브리아나는 오히려 공포에 휩싸였다.

브리아나는 자신을 지켜 주겠다던 아버지의 약속의 많은 부분이 착각이었다는 점을 알고 있었다. 아버지는 자신을 위해서라면 당연히 사람을 죽이겠지. 아버지의 목숨조차도 기꺼이 바치겠지. 그건 의심하지 않았다. 만약 브리아나가 시킨다면, 아버지는 딸의 명예를 위해 복수를 하고 딸의 적들을 없애 버릴 것이다. 하지만 브리아나가 아이 때문에 죽는 일을 막아 줄 수는 없었다. 제아무리 아버지가 강하더라도, 출산의 위험에서 자신을 구해 줄 힘이 없는 건 마찬가지였다.

"나는 죽겠죠. 그럴 거라는 걸 알아요."

브리아나는 단호하게 대답했다. 얼어붙은 수은처럼 차가운 확신이 배 속에 가득 차오르는 느낌이었다.

"넌 안 죽는다! 내가 널 죽게 놔둘 것 같으냐!"

제이미는 브리아나에게 벌컥 화를 냈다. 아버지의 두 손이 그녀의 팔뚝을 파고들 듯 세차게 쥐었다.

그녀도 무슨 수를 써서든 아버지의 말을 믿고 싶었다. 하지만 입술이 무감각하고 뻣뻣해지면서, 분노 대신 차가운 절망이 자리 잡았다.

"어떻게 해 줄 건데요. 아빠는 아무것도 못 한다고!"

"너희 엄마가 도와줄 거야."

제이미가 말했지만, 그 목소리에 깃든 확신은 어설펐다. 그의 손아귀에서 힘이 빠지자, 브리아나는 몸을 비틀어 벗어났다.

"아뇨, 엄마도 못 해요. 여긴 병원도 없잖아요. 약도 없고 아무것도 없다고요. 만약, 만약 일이 잘못되면, 엄마가 할 수 있는 거라고는 어떻게든 아, 아기를 구하는 것뿐이겠죠."

그러고 싶지 않았지만, 브리아나의 시선은 제이미의 단검으로 슬쩍 향했다. 아까 그가 건초 위에 놔둔 단검이 차갑게 날을 빛내고 있었다.

브리아나는 무릎에서 힘이 빠지면서, 갑자기 털썩 주저앉았다. 제이미는 얼른 술병을 들고서 사과주를 잔에 따라 그녀의 코 밑으로 쑥 내밀었다.

"마셔라. 다 마셔, 애야. 넌 내 셔츠처럼 얼굴이 하얗게 질렸어."

제이미는 손으로 브리아나의 머리 뒤를 잡고서 어서 술을 마시라고 재촉했다. 그녀는 한 모금 마시다가 목이 메어 물러서면서 손을 저어 아버지를 뿌리쳤다. 그리고 소매를 젖은 턱에 대고서 흘러내린 사과주를 닦았다.

"제일 나쁜 게 뭔지 알아요? 아빠는 이게 내 잘못이 아니라고 했지만, 사실은 내 잘못이라는 게 제일 나빠요."

"네 잘못이 아니라니까!"

브리아나는 제이미에게 손을 휙 내저으며 말을 멈추라고 했다.

"아빠는 겁이라는 게 뭔지 말해 줬잖아요. 그게 뭔지 알고 있고요. 그래요, 난 겁이 났어요. 싸웠어야 했는데, 그런 짓을 하게 두지 말았어야 했는데…… 그놈이 무서웠어요. 내가 용감했더라면 그런 일은 일어나지 않았을 거예요. 하지만 그러지 못했어요. 무서웠다고요! 그런데 지금이 훨씬 더 무서워요."

브리아나는 갈라지려는 목소리로 말했다. 그리고 심호흡하며 마음을 가다듬고는, 건초에 손을 대 몸을 지탱했다.

"아빠는 도와줄 수 없어요. 엄마도 못 도와주고요. 나도 아무것도 할 수 없어요. 그리고 로저는—"

그녀의 목소리가 이제 완전히 갈라졌다. 그녀는 입술을 세차게 깨물며 눈물을 삼켰다.

"브리아나, **아 레난***……."

제이미는 그녀를 위로하려고 다가섰지만, 브리아나는 배를 단단히 감싸 쥐고서 뒤로 물러섰다.

"계속 생각하게 돼요. 그놈을 죽인다, 그게 내가 할 수 있는 일이라고. 내가 할 수 있는 건 그뿐이니까. 만약, 만약 내가 죽어야 한다면 적어도 나랑 같이 데려갈 마음이에요. 만약 내가

---

* A leannan, '내 사랑'이라는 뜻의 게일어.

죽지 않더라도, 놈이 죽으면 잊을 수 있을지 모르죠."

"넌 잊을 수 없을 거다."

무뚝뚝하고 타협 없는 대답이 배를 퍽 치는 것만 같았다. 제이미는 여전히 사과주 잔을 들고 있었다. 그는 고개를 뒤로 젖히고 술을 마셨다. 꽤 의도적인 행동이었다.

이윽고 그는 사무적으로 일 처리를 끝냈다는 분위기로 잔을 내려놓았다.

"하지만 그래도 상관없어. 우리는 네 남편을 찾아 줄 거니까. 그리고 일단 아기가 태어나면, 너는 딴생각을 하며 초조해할 시간이 없을 거야."

"뭐라고요? 남편을 찾아 준다니, 그게 무슨 소리예요?"

그녀는 너무 놀라 아버지를 빤히 바라보았다. 제이미도 살짝 놀란 목소리로 대답했다.

"남편이 있어야 하지 않겠니? 애한테는 아버지가 반드시 있어야 해. 그리고 누구 때문에 네 배가 부른 건지 말을 안 할 작정이라 해도, 나는 그놈이 의무를 다하게 할—"

"그럼 이런 짓을 한 놈과 나를 **결혼시키려고요?**"

브리아나의 목소리가 다시 갈라졌다. 이번에는 놀라움이 섞인 목소리였다.

제이미의 목소리는 살짝 날이 섰다.

"뭐, 그럴 생각이다. 그런데 혹시 너, 말하지 않은 게 좀 있는 거 아니냐? 어쩌면 강간이 아니었을 수도 있으니까. 하지만 나중에 그 남자에게 반감이 생겨서, 이야기를 지어낸 것일지도 모르잖니. 네 몸에 자국도 안 남았고 말이야. 너 정도 몸집의 아가씨라면 아예 할 마음이 없는데도 남자가 억지로 강간했다고 보기 힘들거든."

"그럼 내가 거짓말을 했다는 뜻이에요?"

제이미는 냉소적으로 한쪽 눈썹을 치켜떴다. 브리아나는 심하게 화가 나서 그에게 손을 휘둘렀지만, 제이미는 딸의 손목을 잡았다. 그리고 짐짓 나무랐다.

"아, 생각해 봐라. 실수해 놓고서 숨기려는 아가씨가 너 말고도 얼마나 많은 줄 아니. 하지만 그렇다면—"

브리아나가 다른 손을 또 휘두르자, 제이미는 그쪽 손목도 마저 잡고서 딸의 팔을 확 끌어 올렸다.

"이토록 소란을 벌일 필요가 없긴 하지. 아니면 네가 그 남자를 원했는데, 놈이 널 버린 거냐? 그런 거야?"

브리아나는 제이미에게 잡힌 가운데 몸을 빙글 돌렸다. 몸무게를 실어 옆으로 돌아선 다음 무릎을 세차게 위로 찍었다. 제이미는 살짝 피했고, 브리아나의 무릎은 원래 겨냥했던 그의 다리 사이 무방비한 살덩이가 아니라 허벅지에 부딪혔다.

무릎이 가격한 부분은 분명히 멍이 들었겠지만, 브리아나의 손목을 잡은 제이미의 손아귀는 조금도 힘이 줄어들지 않았다. 그녀는 몸을 비틀고 발길질을 하면서 거추장스러운 치맛자락을 욕했다. 그리고 제이미의 정강이를 적어도 두 번은 정확히 때렸지만, 그는 브리아나의 몸부림이 재미있다는 듯 쿡쿡 웃기만 했다.

"이게 안간힘을 쓴 거니, 우리 아가씨?"

제이미는 한 손을 놓았지만, 곧바로 그녀의 양 손목을 한 손으로 움켜쥐었다. 그리고 자유로운 손으로는 장난스레 그녀의 옆구리를 찔러 댔다.

"스킨의 무어란 곳에
한 남자가 살았다네,
그는 단검이 많았지만
난 하나도 없었다네.
하지만 난 그를 덮쳤네
양쪽 엄지만 가지고.
그리고 어떻게 한 건지
난 놈을 찔러 죽였네.
놈을 찔러 죽였네,
놈을 찔러 죽였네?"

노랫말이 반복될 때마다 제이미는 엄지로 그녀의 옆구리를 세게 찔렀다.

"이 망할 새끼야!"

브리아나는 비명을 질렀다. 발에 단단히 힘을 주고 제이미의 팔을 있는 힘을 다해 잡아당겨 이로 물어 버릴 수 있는 높이까지 끌어 내렸다. 그리고 제이미의 손목에 달려들었지만, 살을 이로 물어뜯기도 전에 정신을 차려 보니 공중에 발이 동동 뜬 채로 이리저리 돌고 있었다.

브리아나는 결국 한쪽 팔이 등 뒤로 비틀려 단단히 꺾인 채로 바닥에 무릎을 세차게 꿇고 말았다. 팔꿈치가 비틀어져 아팠다. 몸부림을 쳐서 잡힌 걸 돌려 보려 해도 꼼짝할 수가 없었다. 쇠막대 같은 팔이 그녀의 어깨를 단단히 쥔 채 고개를 아래로 누르고 있었다. 시간이 지날수록 고개는 점점 더 숙여지기만 했다.

이젠 턱이 가슴을 푹 파고들 지경이라 숨도 쉴 수가 없었다. 그런데도 제이미는 딸의 고개를 계속 눌러 댔다. 그녀의 무릎이 스르르 벌어지더니, 내리누르는 힘에 허벅지가 넓게 벌어지고 말았다.

"그만!"

브리아나는 끙끙대며 말을 뱉었다. 목에 압박이 가해져 억지로 소리를 내려니 아팠다.

"우으, 진짜, 그마안!"

거침없던 압박은 더 심해지지 않았지만, 풀린 것도 아니었다. 그녀의 등 뒤에 선 제이미가 느껴졌다. 인정사정 봐주지 않는 힘은 설명할 수 없을 정도로 무시무시했다. 그녀는 자유로운 손을 뒤로 뻗어 무언가 잡히기를 바라며 더듬었다. 손톱으로 할퀴든, 때리든, 잡아 구부리든 뭐든 할 마음이었다. 하지만 아무것도 잡히지 않았다.

"난 네 목을 부러뜨릴 수도 있어."

제이미가 아주 조용히 말했다. 어깨에 가해졌던 그의 팔 무게는 이제 느껴지지 않았지만, 꺾인 팔 때문에 그녀의 몸은 여전히 앞으로 구부러진 채였고, 다 풀린 머리카락이 바닥에 닿을 정도로 흐트러졌다. 제이미의 한쪽 손은 브리아나의 목을 단단히 잡았다. 아버지의 엄지와 검지가 목 양편에서 가볍게 동맥을 누르고 있었다. 이윽고 그가 손을 꾹 누르자, 브리아나의 시야에 새카만 점들이 일렁였다.

"이렇게 널 죽일 수 있어."

잡은 손이 목에서 떠나더니 일부러 그녀를 만졌다. 무릎과 어깨, 뺨과 턱으로 이어지는 손길은 브리아나가 얼마나 무기력한지 강조했다. 그녀는 고개를 홱 돌렸다. 아버지가 젖어 버린 부분을 만지게 두고 싶지 않았다. 자신이 흘리는 분노의 눈물을 느끼게 하고 싶지 않았다. 이윽고 제이미의 손이 난데없이 사납게 그녀의 허리 뒤편을 눌렀다. 브리아나는 숨 막힌 작은 소리를 내뱉고는 팔이 부러질세라 등을 휘어 댔다. 그리고 엉덩이를 뒤쪽으로 내밀면서 균형을 잡으려고 다리를 벌렸다.

"난 내가 하고 싶은 대로 할 수 있어. 브리아나, 어디 나를 막아 보겠니?"

제이미가 말했다. 그 목소리에는 싸늘함이 서렸다.

그녀는 분노와 수치심에 숨 막혀 죽을 것만 같았다.

"대답해."

그의 손이 다시 딸의 목을 잡고서 조였다.

"못 해!"

그 순간, 그녀는 풀려났다. 너무나 갑작스럽게 풀려났는지라 얼굴부터 앞으로 고꾸라졌지만, 제때 간신히 한 손을 짚어 다치지 않았다.

브리아나는 헐떡이고 흐느끼면서 건초 위에 누웠다. 머리 옆에서 커다랗게 픽 소리가 났다. 소리에 놀란 매그덜린이 마구간의 자기 칸막이에서 고개를 내밀고 무슨 일인지 알아보려고 했다. 브리아나는 이내 천천히, 고통스럽게 몸을 일으켜 앉은 자세를 취했다.

제이미는 팔짱을 낀 채로 그녀를 굽어보았다.

"제길!"

브리아나는 숨을 헐떡이면서 건초를 손으로 내리쳤다.

"진심으로 아빠를 죽여 버리고 싶어!"

제이미는 가만히 서서 그녀를 내려다보기만 했다. 그러더니 조용히 말했다.

"그렇겠지. 하지만 못 할걸?"

그녀는 이해할 수가 없어서 아버지를 노려보았다. 이쪽을 보는 아버지의 눈빛은 강렬했다. 화를 내거나 조롱하는 눈빛이 아니었다. 그건 기다리는 눈빛이었다.

"넌 못 죽여."

그는 힘주어 다시 말했다.

그러자 깨달음이 몰려왔다. 아픈 팔을 휩쓴 깨달음은 아래로 흘러 멍든 주먹까지 퍼졌다.

"아아, 맙소사. 그래요. 난 못 해요. 할 수 없었어요. 그때 내가 맞서 싸웠더라도…… 막을 수 없었을 거야."

브리아나는 벌컥 울기 시작했다. 속에 졌던 응어리가 풀리면서 얹혔던 것이 움직이며 가벼워졌다. 축복과도 같은 안도감이 온몸에 퍼졌다. 이건 내 잘못이 아니었어. 내가 온 힘을 다해 반항했더라도, 지금처럼 발버둥 쳤더라도—

"할 수 없었어."

그녀는 이렇게 말하고는 숨을 크게 들이쉬며 꿀꺽 삼켰다.

"난 그놈을 막을 수가 없었어요. 내가 더 세차게 반항했더라면 어땠을까 계속 생각했지만…… 그래 봤자 소용없었을 거야. 난 그놈을 막을 수 없었을 거라고요."

커다란 손이 그녀의 얼굴에 닿았다. 아주 부드러운 손길이었다. 제이미는 속삭여 말했다.

"넌 예쁘고 멋진 아가씨란다. 하지만 어린 여자일 뿐이야. 네가 맨손으로 사자와 맞서 싸울 수 없었다고 해서 마음 졸이며 스스로를 겁쟁이라고 생각하면 말이 되니? 이것도 그런 거야. 이젠 바보 같은 생각하지 마."

브리아나는 손등으로 코를 훔치고는 코를 훌쩍 들이마셨다.

제이미는 딸의 팔꿈치를 잡고 일으켜 주었다. 이제 그의 힘은 더는 위협이나 조롱이 아니라 말할 수 없는 편안함을 느끼게 해 주었다. 바닥에 쓸렸던 브리아나의 무릎이 따끔거렸다. 다리가 후들거렸지만, 그녀는 건초 더미로 다가갔다. 제이미는 그 위에 딸을 앉혔다.

"아빠는 그냥 말해 줄 수도 있었잖아요. 그건 내 잘못이 아니었다고요."

딸의 말에 제이미는 희미하게 미소를 지었다.

"난 벌써 말했어. 하지만 네가 직접 깨닫기 전에는 믿을 수 없었던 것뿐이야."

"그래요. 직접 깨닫지 못했다면 몰랐겠지요."

깊고도 평화로운 피로감이 담요처럼 온몸을 감쌌다. 이번에는 그 담요를 발로 차고픈 마음은 없었다.

『가을의 북』에서 발췌

예시문들의 장면을 본격적으로 들여다보자. 예시 6과 예시 8에서는 신체 행위가 노골적으로 묘사되어 있다. 지금까지 예시문으로 인용된 다른 섹스 장면에서는 크게 나타나지 않는 특징이다.

신체 행위를 노골적으로 묘사하는 데는 (혹은 그러지 않는 데는) 몇 가지 이유가 있다. 앞서 말했듯이 섹스 장면은 체액이 아닌 감정을 나누는 것을 그려야 한다. 하지만 감정을 나눈다는 것은 이런 종류의 강간이나 합의되지 않은 섹스 장면에는 해당하지 않는다. 물론 이 같은 장면에도 수많은 감정이 나타나지만, 그 감정은 보통은 상호 교환되지 않는다. 실제로는 의사소통이 거의 한 방향으로만 이루어지기 때문이다.

예시 7과 9의 클레어와 브리아나는 분명히 특정한 감정을 경험하고 있지만, 예시 6과 8의 클레어와 브리아나는 그 감정을 받아들이지 못하고 있다. 하지만 우리는 독자가 그 감정을 알아보기를 원한다.

다른 곳에서도 언급했듯이, 감정을 드러내는 가장 좋은 방법은 작가가 절제력을 발휘하여 구체적인 설명 대신 상황이 스스로 말하도록 두는 것이다. 예시 8의 경우, 우리는 브리아나의 감정에 대해 굳이 많은 설명을 하지 않아도 된다. 독자는 힘들여 상상하지 않아도 그녀가 처한 상황에 쉽게 감정 이입할 수 있기 때문이다.

그러므로 설정을 세심하게 짜는 것은 독자가 상황에 몰입할 수 있도록 만드는 동시에 무슨 일이 벌어지고 있는지 간략하게 (하지만 노골적으로) 알려 주어, 독자가 상황과 충분한 거리를 둘 수 있게 만든다.

이런 종류의 장면에서 노골적으로 세부 묘사를 하는 또 다른 이유는 장면을 충격적으로 만들기 위해서다. 더 나아가 장면을 독특하게 만들려는 목적도 있다. (이 이유 역시 중요하다.)

성별을 둘러싼 현재의 정치적 분위기(이것은 여기서 다루는 내용과 직접적인 연관성이 없기에 논의하지 않는다)에 대해 길게 언급하지 않더라도, 강간은 획일적인 범죄가 아니다. 합의되지 않은 섹스는 '좋은' 섹스라는 개념만큼이나 수많은 스펙트럼이 존재한다. 그래서 다른 (질적으로) 좋은 섹스와 마찬가지로, 합의되지 않은 섹스 역시 그 안에서 어떤 일이 벌어지든 그건 두 사람 사이에서만 일어날 수 있는 장면이 될 것이다.

이제 '서로 일치하는' 장면을 대조해 보자. 예시 7과 예시 9는 강간의 후유증과 그에 대한 반응을 다루고 있다. 제이미는 아내와 딸을 모두 걱정하며 둘의 감정에 세심한 관심을 기울이지만, 두 피해자의 신분과 피해 상황이 서로 다르다 보니 이들을 다르게 대한다.

예시 7에서는 제이미의 시점에서 상황을 거의 은유적으로 서술한다. 그리고 자신의 감정과 클레어의 감정, 그 둘의 감정을 모두 직접 이야기한다.

예시 9에서는 제이미의 딸인 브리아나의 시점에서 서술된다. 우리는 제이미가 무슨 생각을 하는지 알 수 없고, 그가 딸에게 보여 주는 행동만 볼 수 있다. 그는 딸을 걱정하고 돕고 싶어 하지만, 여기서 그의 감정은 중요하지 않다. 따라서

이 장면은 제이미의 딸인 브리아나가 시점의 주인공이 된다. 독자가 걱정하는 것은 브리아나의 감정이기 때문이다.

'회복'을 보여 주는 두 예시문 모두 신체적인 접촉을 구체적으로 그리는 부분은 많지 않다. 예시 7에 매우 폭력적인 성관계가 벌어졌다고 암시되어 있지만, 여기서 서술된 유일한 신체적 묘사는 제이미가 클레어의 갈라진 손톱이 등을 할퀴는 것을 느꼈다는 것뿐이다. 그러한 생생한 묘사가 적어도 한 군데는 있어야 독자가 해당 장면을 물리적 현실로 단단히 인식하게 된다. 물론 독자는 전체적인 감정의 공간에 이미 들어와 있지만 말이다.

예시 9는 흥미로운 부분이다. 이 장면에는 아주 구체적으로 신체적인 묘사가 이어지기 때문이다. 노골적인 성적 묘사가 펼쳐지지는 않지만, 아주 아슬아슬하다. 보통 현실 세계의 평범한 아버지가 딸에게 할 만한 행동은 절대로 아니다. 하지만 둘의 대화 역시 평범한 부녀 관계에서 나눌 법한 얘기는 아니었다. 제이미는 딸에게 긴히 알려 주고 싶은 게 있고, 그것은 오로지 몸을 써야만 확실하게 전달할 수 있는 내용이었다.

예시 7과 예시 9는 스타일과 서술 방식이 상당히 다르지만, 두 경우 모두 제이미가 신체적인 맥락에서 문제에 접근한다는 점이 돋보인다. 그는 두 여자에게 각기 다른 방식으로 이야기하고 있지만, 각각의 여자들이 몸으로 겪은 일을 해결하기 위해서는 제이미 역시 몸의 맥락으로 그들을 끌어들여야 했다. 그리고 두 경우 모두 신체적 접촉의 근본은 감정의 교환이다.

제6장
섹스 없는 섹스 장면

다시 한번 강조하지만, 섹스 장면은 단순히 침대 위에서 두 사람이 뒹구는 전형적인 장면이 전부가 아니다. 서술 자체는 성적 긴장감으로 가득 차 있지만 직접적인 성적 접촉이 상대적으로 적어도 '섹스 신'이라고 할 수 있다(좋은 예로 카를로스 루이스 사폰의 『바람의 그림자』를 들 수 있다. 이 소설에서는 실제 성관계가 묘사된 장면이 정확히 두 번 나오는데, 그마저도 각각 두 문단 정도밖에 되지 않는다).

물론 성관계 장면을 노골적으로 묘사하면서도 글에 성적 긴장감을 불어넣는 것도 가능하다. 하지만 그건 전통적인 섹스 신이 전혀 아니다.

예시 10:
일방향 섹스 장면

다음의 글에서는 한 남자가 회의 자리에 앉아서 브리핑을 진행하는 여성 경찰관을 바라보고 있다.

나는 여자가 몸에 단 보석이 좋다.

사람들은 흔히 생각한다. 역사적으로 남자가 여자에게 보석 장신구를 선물하는 이유는 첫째, 보석을 살 만한 돈이 있으니 모든 이에게 자신이 얼마나 부자인지 알릴 수 있고 둘째, 보석을 받으면 여자의 기분이 좋아져서 남자는 섹스를 할 수 있게 되고, 그러면 남자 역시 행복해지기 때문이라고 말이다. 그 말이 틀렸다는 건 아니지만, 사실을 말하자면 여자 쪽에서 어떻게 생각하든 간에, 보석을 찬 여자를 보면 난 아주 많이 흥분된다.

무언가를 몸에 달았다는 건 소유권을 의미한다. 본질이 그렇다. 말하자면 속박이다. 여자의 목에 사슬을 채우고, 손가락에 고리를 끼우면 그 여자는 내 것이란 뜻이다.

여자는 맨살에 보석을 차고 모든 사람에게 드러낸다. 내가 입 맞추는 곳마다, 그러니까 우묵한 목덜미나 귓불, 손목 안쪽 같은 곳에, 맥박이 뛰는 곳들에. 여자가 부드럽고 나긋해지는 곳에서 단단하고 촉촉하게 빛을 내는 금속과 보석. 나는 단단하고 그녀는 부드러운. 아, 바로 그거지.

가느다랗고 섬세한 사슬과 묵직한 사슬. 둘 다 좋다. 저 자그마한 금 사슬과 은 사슬이 거미줄처럼 피부 위로 달라붙은 모습. 손짓 한 번에 끊어질 수 있지만, 기꺼이 드리워진 사슬의 모습. 묵직한 사슬과 금반지가 가냘픈 뼈대와 가느다란 목덜미를 장식한 모습을 보고 있노라면 여자가 하릴없이 사슬에 매여 벽이나⋯⋯ 침대에 묶인 모습이 떠오르지 않는가.

거미줄과 노예의 목걸이. 권력과 소유.

여자를 보석으로 장식한다는 건 단순한 과시가 아니라 권리를 주장하는 행위다. 그녀에게 금과 은으로 만든 그물을 던지는 것이다. 그녀에게 보석을 걸어 줄 때, 목 뒤쪽으로, 머리카락 아래 부드러운 맨살 위로 목걸이의 잠금 쇠를 닫아 줄 때 손에 닿는 여자의 살결. 나중엔 그곳을⋯⋯ 물어뜯을 수도 있겠지.

나이 든 여자들은 이것을 알고 있다. 그래서 항상 젊은 여자들에게 충고하는 것이다. 진심으로 마음에 두지 않은 상대에게서 보석을 받으면 안 된다고 말이다. 여자에게 사슬을 채우고 싶어 하는 남자는 당연히 진심이니까. 적어도 그 남자가 여자와 무언가를 하고픈 마음은 진심일 테니까.

여자 경찰관은 결혼반지를 꼈고 귀에는 줄마노가 박힌 금 귀걸이를 찼다. 목덜미에는 작은 십자가가 달린 가느다란 목걸이가 드리워져 있었다. 나는 눈을 뗄 수가 없었다.

『부서진 거미줄Broken Web』에서 발췌

장면을 다시 보자. 자, 이제 '섹스 없는 섹스 장면'이 어떤 것을 말하는지 감이 오는가? 앞의 장면에는 상호 작용이 전혀 없다. 이 글의 등장인물은 서로를 만지거나 대화를 나누지 않는다. 심지어는 직접적으로 서로를 의식하지도 않는다. 이것은 고전적인 의미의 '섹스 신'이 전혀 아니다. 그럼에도 분명히 ① 독자에게 성적 긴장감을 주고 ② 이 특정 인물이 여자를 바라보며 어떤 것을 느끼는지 꽤 많이 말해 주고 ③ 이 인물의 전반적인 태도를 드러낸다.

　이는 한편으로 글을 문자 그대로 해석하는 태도와 세부 묘사를 토대로 은유와 정제를 어떻게 사용하는지 보여 주는 예시이기도 하다. 우리가 여기서 알게 되는 것은 섹스의 한 측면인 소유(여기서 소유의 대상은 신체와 감정 모두 다 해당한다)라는 전반적인 개념이다. 그리고 (바라건대) 마지막 문장에서 눈치챘겠지만, 남성 화자는 자신이 상대를 소유하겠다는 의지를 보이는 것만큼이나 이미 본인이 상대에게 소유당한 상태다.

　당신이 섹스에 관해 쓸 때 앞의 예시문처럼 '이미지'를 사용해야 하는 이유는 바로 이 때문이다. 이미지는 즉각적으로 다가오면서도 감정을 정제하는 수단이다. 하지만 그렇더라도 이미지를 남발하기보다는 신중하게 사용해야 한다. 이미지를 너무 많이 쓰면 진한 향수에 몸을 푹 담그거나 스테이크에 훈연액을 들이붓는 것과 같은 효과가 나기 때문이다. 다시 말해, 의도한 감각이 글에 녹아 있기야 하겠지만, 지나친 첨가물로 인해 고유한 맛이 사라져 버리고 만다.

제7장

분위기

환기, 관능, 밑그림

노골적으로 표현하지 않아도 이야기에 강렬한 관능미를 부여할 수 있다. 이는 강렬한 감정을 묘사할 때와 마찬가지로, 역설적이게도 절제력을 훈련해 많은 설명을 덧붙이지 않음으로써 이루어진다. 일부러 형용사를 많이 쓰거나 동사를 남발할 필요가 없다는 얘기다. 다만 세부 사항을 정확히 묘사하고 아름다운 이미지를 제대로 골라 사용해야 한다. 힘들지만 보람 있는 일이다. 그렇다면 그러한 세부 사항은 어떻게 골라낼까?

이 책의 첫머리에 있는 '5분 속성 작법'에서 이미 '3의 법칙'을 적용하는 방법을 예시로 보여 준 적이 있다. 기억하는가? 이것은 귀스타브 플로베르에게서 배운 사소한 요령이다. 물론 플로베르가 이 법칙을 처음 사용한 작가는 당연히 아닐 테지만, 이 법칙을 처음으로 설명한 사람은 맞을 것이다. 그 요령은 간단하다. 인간의 오감 중 세 가지 감각(만약 초자연적인 이야기를 쓰고 있다면 여섯 가지 감각이라고 해도 좋다)을 사용하여 장면에 입체감과 현실감을 더하는 것이다.

많은 작가가 섹스에 관해 쓸 때 청각과 촉각만을 사용한다. 이는 성적 맥락에서는 청각과 촉각이 가장 중요해 보이기 때문이다. 뭐, 맞는 말이긴 하지만, 다음의 예시를 보자.

예시 11:
감각의 사용

그는 아무 소리도 내지 않았지만, 존재감이 곧바로 느껴졌다. 서늘한 공기가 감도는 방 안에 따스한 기운이 묵직하게 끼쳐 왔으니까.

"새서나흐, 괜찮아요?"

그는 문가에서 나직하게 물었다.

"응, 괜찮아요. 그냥 바람을 좀 쐬고 싶었어요. 당신을 깨울 마음은 없었는데."

나는 속삭여 대답했다. 뒷방에서 자는 리지와 그 애의 아버지를 깨우고 싶지 않았다.

제이미는 가까이 다가왔다. 그 모습은 잠의 냄새를 풍기는 커다랗고 벌거벗은 유령 같았다.

"당신이 깰 때마다 나도 항상 깨거든요, 새서나흐. 당신이 곁에 없으면 잠을 제대로 못 자겠어서요."

그는 내 이마를 짧게 만지고는 덧붙였다.

"당신이 열이 났다고 생각했어요. 누웠던 침대가 축축하던데요. 정말 괜찮은 거 맞아요?"

"더워서요. 그래서 잠을 못 잤어요. 하지만 난 정말 괜찮아요. 당신은 어때요?"

나는 제이미의 얼굴을 만졌다. 잠기운이 서린 피부가 따스했다.

그는 자리에서 일어나 내가 선 창가 옆으로 다가와 섰다. 그리고 늦여름의 밤 풍경을 내다보았다. 보름달 아래로 새들이 부산스러웠다. 바로 가까이에서 느지막이 둥지를 튼 휘파람새가 가냘프게 지저귀었다. 저 멀리 사냥을 하는 애기금눈올빼미의 새된 울음이 들렸다.

"로런스 스턴 기억나요?"

제이미가 물었다. 말투를 들어 보니 그 박물학자를 떠올린 게 틀림없었다. 나는 심드렁하게 대답했다.

"그 사람은 한번 보면 누구든 절대로 잊을 수 없을걸요. 말린 거미를 가방에 넣고 다닌다니 얼마나 인상적인가요. 게다가 그 냄새는 또 어떻고요."

스턴에게선 아주 독특한 향취가 풍겼다. 일단 그의 몸에서 나는 체취가 상당했고, 그가 좋아하는 비싼 향수 역시 체취 못지않게 아주 강렬했다. 물론 향수보다는 몸 냄새가 더 심한 사람이긴 했지. 거기에 장뇌나 알코올 같은 톡 쏘는 방부제 냄새에다 그가 모은 표본에서 나는 희미한 썩은 냄새까지 섞인 악취였다.

제이미는 가만히 웃었다.

"맞아요. 그 남자는 당신보다 더 고약한 냄새가 나죠."

"난 냄새 안 나거든요!"

"으으음."

제이미는 내 손을 들어 코에 대더니 조심스럽게 냄새를 맡았다.

"양파 향이 나요. 마늘도. 뭔가 매운 냄새는…… 알 후추구나. 아, 정향도. 다람쥐 피와 육즙 냄새도 나고."

그의 혀가 뱀처럼 날름거리며 나의 손마디를 건드려 댔다.

"전분…… 이라면 감자겠네요. 그리고 뭔가 나무 같은 향이 나는데. 버섯 향도."

나는 손을 빼려 하면서 대꾸했다.

"이건 반칙이에요. 당신은 저녁으로 뭘 먹었는지 똑똑히 알잖아요. 그리고 버섯은 그냥 버섯이 아니라 목이버섯이었어요."

"그래요?"

제이미는 내 손을 뒤집어서 손바닥 냄새를 맡더니, 이어서 손목과 팔까지 올라갔다.

"식초와 딜 향기가 나요. 이제껏 오이 피클을 만들고 있었죠? 좋네요, 나 그거 좋아하는데. 으음, 아, 그리고 당신 팔 솜털에서는 시큼한 우유 향이 나요. 버터를 만들고 있었어요? 아니면 생크림?"

"맞춰 봐요. 맞추는 거 잘하잖아요."

"버터죠?"

"어휴."

나는 여전히 몸을 빼려고 했지만, 그건 제이미의 얼굴에 난 짧은 수염이 내 팔 안쪽의 여린 살을 간지럽혔기 때문이었다. 그는 내 팔 위까지 올라와 냄새를 맡더니, 이제는 어깨의 움푹 팬 곳까지 이르렀다. 그의 머리카락 몇 가닥이 피부를 스치자 난 새된 비명을 질렀다.

제이미는 내 팔을 조금 들고는 축축하고 비단결 같은 겨드랑이 털을 만지더니, 그 손가락을 자기 코에 가져다 댔다.

"오 드 팜. 마 프티트 플뢰르."*

그의 중얼거림에는 웃음기가 서려 있었다.

"나 목욕했거든요?"

나는 유감을 담아 대꾸했다.

---

* 프랑스어로 '여자의 체액. 나의 작은 꽃'이라는 뜻.

"아, 그래서 해바라기 비누 냄새가 났군요."

그는 나의 움푹한 쇄골 부위의 향기를 맡으며 약간 놀란 어조로 말했다. 내가 작게 새된 소리를 지르자, 그는 손을 들어 커다랗고 따스한 손으로 나의 입을 막았다. 그에게선 화약과 건초, 거름 냄새가 났지만 내 입을 막고 있는 그의 손 때문에 말을 할 수가 없었다.

제이미는 살짝 몸을 펴더니 내게 가까이 기댔다. 그의 거친 수염이 내 뺨에 스쳤다. 이내 그의 손이 떨어지자, 관자놀이에 닿는 부드러운 입술이 느껴지면서 살갗 위로 그의 혀가 나비처럼 부드럽게 와닿았다.

제이미는 아주 부드럽게 말했다. 그의 숨결이 내 얼굴 위로 따스하게 어른거렸다.

"그리고 소금 냄새도 나요. 당신 얼굴에 소금기가 있네요. 속눈썹도 젖었고. 혹시 울어요, 새서나흐?"

"아뇨. 아니, 그냥 땀이에요. 난…… 더웠으니까."

나는 대답했지만, 갑자기 울고 싶은 비합리적인 충동이 느껴졌다.

이젠 덥지 않았다. 피부는 서늘해졌다. 창문으로 들어온 서늘한 밤바람에 내 등이 차갑게 식었다.

"아, 하지만 여긴…… 으음."

그는 이제 무릎을 꿇고는 한쪽 팔로 내 허리를 잡아 가만히 붙든 채 내 가슴골에 코를 묻었다.

"아."

제이미의 목소리는 다시 바뀌어 있었다.

난 평소 향수를 뿌리지 않지만, 특별한 오일을 지니고 있기는 했다. 오렌지꽃과 재스민, 바닐라 빈과 계피로 만든 인도산 오일이었다. 하나밖에 없는 오일 병은 아주 작아서, 나는 아주 가끔씩 소량만 바르곤 했다. 특별하다 싶은 때 말이다.

제이미가 안타까운 목소리로 말했다.

"날 원했었군요. 그런데 난 당신을 건드리지도 않고 잠들어 버렸던 거군요. 미안해요, 새서나흐. 말을 하지 그랬어요."

"당신 피곤했잖아요."

그의 손은 이미 내 입에서 떨어져 있었다. 나는 그의 머리카락을 쓰다듬으며 귀 뒤에 난 길고 어두운 타래를 매만졌다. 그가 웃자 그 숨결이 나의 드러난 배 위로 따스하게 퍼지는 느낌이 났다.

"이런 일이라면 죽었다가도 깰 수 있어요, 새서나흐. 그래도 전혀 상관없다고."

제이미는 이제 몸을 일으켜 나를 마주 보았다. 어둑한 불빛 가운데서도 똑똑히 보였다. 이제 내 쪽에서 이토록 필사적으로 굴지 않아도 되겠구나.

"더워요. 땀이 나네요."

"나는 아닌 것 같아요?"

제이미는 내 허리를 손으로 감고서 나를 불쑥 들어 올려 널

따란 창턱에 내려놓았다. 나는 반사적으로 양쪽 창틀을 쥐었다. 차가운 목재의 감촉을 느끼자 숨이 헉 나왔다.

"이게 뭐 하는 짓이에요?"

제이미는 굳이 대답하지 않았다. 사실 내 질문도 답을 바라고 한 건 아닌 그저 감탄사에 불과했으니까.

"오 드 팜."

제이미는 무릎을 꿇으며 중얼거렸다. 그의 부드러운 머리카락이 나의 허벅지에 스쳤다. 나무 바닥이 그의 몸무게를 받아 내며 삐걱거렸다.

"파르펭 다무르*, 으음."

서늘한 바람이 내 머리카락을 날리자, 더없이 가벼운 연인의 손길처럼 머리카락이 등을 가로질러 간지럽혔다. 제이미의 손은 굴곡진 나의 허리를 단단히 잡았다. 내 몸이 떨어질 염려는 없었다. 그런데도 아찔하게 뒤로 넘어갈 것만 같은 이 기분이라니. 저 맑고 끝없는 밤하늘로, 별이 흩어진 텅 빈 하늘로 떨어지면서 계속 그렇게, 끝없이 추락할 것만 같았다. 내 몸을 가로지르는 통로에 마찰이 이어지면서 자그마한 점이 점점 뜨겁게, 더욱 뜨겁게 불타올라서, 결국 하얗게 작렬하며 쏘아 올린…… 별똥별이 되었다.

"쉬잇."

---

* 프랑스어로 '사랑의 향기'라는 뜻.

제이미가 아스라이 중얼거렸다. 그는 이제 내 허리에 손을 얹은 채로 일어서 있었다. 들려오는 신음은 어쩌면 바람 소리였을지도, 아니면 내게서 나는 것이었을지도 모른다. 그의 손가락이 내 입술을 쓸었다. 그 손가락이 혹시 성냥이었을까. 그래서 내 피부에 그어져 불길을 일으켰던 걸까. 열기가 내 몸에 어른거리면서 배와 가슴으로, 목과 얼굴로 퍼지며 앞쪽을 온통 불태웠다. 반대로 나의 뒤편은 서늘했다. 문득 석쇠에 몸 한쪽이 지져져 순교한 성 라우렌시오가 떠올랐다.

나는 다리로 그의 몸을 감쌌다. 한쪽 발꿈치는 그의 엉덩이골에 자리 잡았다. 내 다리 사이에 감긴 제이미의 단단하고 강력한 하반신만이 나를 잡아 주는 유일한 닻이었다.

"다리 풀어요. 안아 줄게요."

그가 귓가에 속삭였다. 나는 다리를 놓고서 허공에 등을 기댔다. 그의 손에 안전하게 잡혀 있었으니까.

『불타는 십자가The Fiery Cross』에서 발췌

자, 위 장면을 하나의 장면으로만 읽었다면 이번에는 한 발짝 물러나서 작법 측면에서 이 장면이 어떤 식으로 전개되는지 살펴보자.

그는 아무 소리도 내지 않았지만, 존재감이 곧바로 느껴졌다. 서늘한 공기가 감도는 방 안에 따스한 기운이 묵직하게 끼쳐 왔으니까.

이 문장은 실제로 접촉이 이루어지지는 않았지만 촉각적 심상을 불러일으킨다. "따스한"과 "서늘한"이라는 대비되는 표현은 이 촉각을 더욱 강화한다. 특히 제이미의 존재를 "따스한"과 "묵직하게"라는 말로 은유적으로 표현함으로써 그를 즉각 매력적인 사람으로 느끼도록 만든다.

"새서나흐, 괜찮아요?"
그는 문가에서 나직하게 물었다.
"응, 괜찮아요. 그냥 바람을 좀 쐬고 싶었어요. 당신을 깨울 마음은 없었는데."
나는 속삭여 대답했다. 뒷방에서 자는 리지와 그 애의 아버지를 깨우고 싶지 않았다.
제이미는 가까이 다가왔다. 그 모습은 잠의 냄새를 풍기는 커다랗고 벌거벗은 유령 같았다.

여기서는 시각을 사용했다. "커다랗고 벌거벗은"이란 표현 덕분에 독자는 곧바로 제이미의 모습을 머릿속에 그릴 수 있다. 제이미의 머리 모양이나 몸매를 굳이 주절주절 늘어놓을 것 없이 그의 존재만 확인하면 된다. "잠의 냄새"라는 표현도 주목해 보자. 이 표현은 제이미가 방금 잠에서 깼다는 것을 알려 준다. (그래서 "내가 일어나서 방을 나서는 소리를 듣고 그는 잠에서 깼을 것이다"와 같은 지루한 설명을 보탤 필요가 없다.) 또한 이 말은 이 장면에서 등장할 다채로운 후각적 심상의 첫 번째 신호탄이기도 하다. 앞으로 후각이 장면 내내 얼마나 많이 등장하는지 주목해 보자…….

"당신이 깰 때마다 나도 항상 깨거든요, 새서나흐. 당신이 곁에 없으면 잠을 제대로 못 자겠어서요."

그는 내 이마를 짧게 만지고는 덧붙였다.

"당신이 열이 났다고 생각했어요. 누웠던 침대가 축축하던데요. 정말 괜찮은 거 맞아요?"

촉각이 다시 등장한다. 제이미는 클레어를 걱정하고 있고, 우리는 클레어의 몸이 뜨겁고 축축하다는 걸 알게 된다.

"더워서요. 그래서 잠을 못 잤어요. 하지만 난 정말 괜찮아요. 당신은 어때요?"

나는 제이미의 얼굴을 만졌다. 잠기운이 서린 피부가 따스했다.

또 촉각이 등장한다. 제이미의 걱정과 더불어 그의 몸 구석구석에 스며든 열기를 설명하고 있다. 하지만 이런 설명이 얼마나 간단한지 주목하자. 한 문단 안에 한두 단어만 나오고, 그 단어도 "열이 난다", "축축하다", "따스하다"와 같이 아주 평범하다. 내가 앞서 말했던 절제가 바로 이것이다. 관능을 불러일으키는 단어도 중요하지만, 그런 단어들은 주로 배경에 머물러 있어야 한다. 실제로 말하고 행해지는 것들은 독자들이 머릿속에서 바로 떠올릴 수 있는 것이어야 한다. 독자들은 그런 평범한 단어의 밑바탕에 깔린 관능을 어렵지 않게 알아챌 수 있다.

그는 자리에서 일어나 내가 선 창가 옆으로 다가와 섰다. 그리고 늦여름의 밤 풍경을 내다보았다. 보름달 아래로 새들이 부산스러웠다. 바로 가까이에서 느지막이 둥지를 튼 휘파람새가 가냘프게 지저귀었다. 저 멀리 사냥을 하는 애기금눈올빼미의 새된 울음이 들렸다.

이 부분은 전체 장면에서 얼마 되지 않는 시각적 묘사와 더불어 처음으로 청각적 묘사가 등장하는 대목이다. 이 단락의 목적은 두 가지다. 첫째, 장면의 물리적 위치를 창가로 설정하는 것이다. 창은 장면 후반부에 중요한 장소가 되기 때문이다. 둘째, 초점을 잠시 바꾸는 것이다. 이 장면의 대부분은 두 사람 사이에 아주 가깝게 초점이 맞춰진 채 진행된다. 그래야 뜨겁고 끈적한 땀이 흐르며 더 밀접한 느낌이 들기 때문이다. 하지만 이 부분에서는 아주 잠깐 초점이 외부 세계로 바뀐다. 그렇게 하면 자칫 폐쇄적일 수 있는 장면에 숨통이 트이고, (아무도 실제로 어떤 행동을 하지 않음에도) 초점이 바뀌는 것만으로도 움직임이 느껴지며, 물리적 배경이 노스캐롤라이나의 산간벽지라는 것을 다시금 떠올리게 할 수 있다. (여기서 세세한 묘사가 갖는 특수성에 주목해 보자. 이 단락에 등장하는 동물은 단순히 지저귀는 새나 일반적인 올빼미가 아니라 휘파람새와 애기금눈올빼미다. 구체적인 명칭 덕분에 생생한 현장감이 드러나고 클레어의 마음속에 더욱 몰입할 수 있다. 클레어는 이곳에 살고 있고 자신이 듣고 있는 소리가 무엇인지 정확하게 알고 있다.) 몇 문장 되지 않는 짧은 단락치고는 상당히 많은 정보를 준다고 할 수 있다.

"로렌스 스턴 기억나요?"

제이미가 물었다. 말투를 들어 보니 그 박물학자를 떠올린 게 틀림없었다. 나는 심드렁하게 대답했다.

"그 사람은 한번 보면 누구든 절대로 잊을 수 없을걸요. 말린 거미를 가방에 넣고 다닌다니 얼마나 인상적인가요. 게다가 그 냄새는 또 어떻고요."

스턴에게선 아주 독특한 향취가 풍겼다. 일단 그의 몸에서 나는 체취가 상당했고, 그가 좋아하는 비싼 향수 역시 체취 못지않게 아주 강렬했다. 물론 향수보다는 몸 냄새가 더 심한 사람이긴 했지. 거기에 장뇌나 알코올 같은 톡 쏘는 방부제 냄새에다 그가 모은 표본에서 나는 희미한 썩은 냄새까지 섞인 악취였다.

이 단락에서는 후각이 아주 많이 강조되고 노골적으로 드러난다. 이는 부분적으로는, 뒤이어 나오는 더 유쾌한 후각적 심상과 대조를 이루어 다음 문장에 더 몰입하게 해 주는 역할을 한다고 볼 수도 있다. 하지만 진짜 목적은 클레어의 몸에서 나는 더 친밀한 냄새로 대화를 전환하기 위한 밑거름을 제공하는 것이다.

제이미는 가만히 웃었다.

"맞아요. 그 남자는 당신보다 더 고약한 냄새가 나죠."

"난 냄새 안 나거든요!"

"으으음."

제이미는 내 손을 들어 코에 대더니 조심스럽게 냄새를 맡았다.

"양파 향이 나요. 마늘도. 뭔가 매운 냄새는…… 알 후추구나. 아, 정향도. 다람쥐 피와 육즙 냄새도 나고."

그의 혀가 뱀처럼 날름거리며 나의 손마디를 건드려 댔다.

"전분…… 이라면 감자겠네요. 그리고 뭔가 나무 같은 향이 나는데. 버섯 향도."

촉각과 미각, 후각이 모두 함께 나타나는 단락이다. 여기서 주목할 점은 사물의 명칭은 정확하게 표현하는 반면, 형용사는 "매운"과 "나무 같은"처럼 아주 일반적인 표현밖에는 등장하지 않는다는 것이다. 성적이거나 유혹이 담긴 표현이 전혀 없는 짧은 단락이지만, 세 가지 감각이 모두 응축되어 생생한 인상을 준다. 만약 내가 "그는 내 손을 핥았다"라고 썼다면 이런 성적 긴장감은 전혀 주지 못했을 것이다.

나는 손을 빼려 하면서 대꾸했다.

"이건 반칙이에요. 당신은 저녁으로 뭘 먹었는지 똑똑히 알잖아요. 그리고 버섯은 그냥 버섯이 아니라 목이버섯이었어요."

"그래요?"

제이미는 내 손을 뒤집어서 손바닥 냄새를 맡더니, 이어서 손목과 팔까지 올라갔다.

"식초와 딜 향기가 나요. 이제껏 오이 피클을 만들고 있었죠? 좋네요, 나 그거 좋아하는데. 으음, 아, 그리고 당신 팔 솜

털에서는 시큼한 우유 향이 나요. 버터를 만들고 있었어요? 아니면 생크림?"

이 단락에서 주목해 볼 것은, 구체적인 세부 묘사가 몰입감을 높여 준다는 것이다. 우리는 식초와 딜과 시큼한 우유의 냄새가 어떤지 알고 있다. 그래서 머릿속에서 그 특정 향의 기억을 떠올릴 수 있다. 만약 "그는 내 살갗 냄새를 맡더니, 내가 오늘 무엇을 만들었는지 정확히 맞췄다"라고 썼다면 지금과 같은 몰입감을 주지는 못했을 것이다. 감각적 단서가 없기 때문이다.

"맞춰 봐요. 맞추는 거 잘하잖아요."

"버터죠?"

"어휴."

나는 여전히 몸을 빼려고 했지만, 그건 제이미의 얼굴에 난 짧은 수염이 내 팔 안쪽의 여린 살을 간지럽혔기 때문이었다. 그는 내 팔 위까지 올라와 냄새를 맡더니, 이제는 어깨의 움푹 팬 곳까지 이르렀다. 그의 머리카락 몇 가닥이 피부를 스치자 난 새된 비명을 질렀다.

다시 촉각이 등장한다. 여기서 클레어가 어떤 감각을 느꼈는지 설명하려 애쓰지 않아도 된다. "욕망이 멋지게 힘줄을 타고 내 팔을 빙글빙글 내려왔다. 나의 중심이 시키지도 않았는데 벌떡 일어나 힘차게 경례를 붙였다." 이 같은 문장이 필요 없다는 얘기다. "여린"과 "새된" 이 두 단어로도 충분하다.

제이미는 내 팔을 조금 들고는 축축하고 비단결 같은 겨드랑이 털을 만지더니, 그 손가락을 자기 코에 가져다 댔다.
"오 드 팜. 마 프티트 플뢰르."
그의 중얼거림에는 웃음기가 서려 있었다.
"나 목욕했거든요?"
나는 유감을 담아 대꾸했다.
"아, 그래서 해바라기 비누 냄새가 났군요."
그는 나의 움푹한 쇄골 부위의 향기를 맡으며 약간 놀란 어조로 말했다. 내가 작게 새된 소리를 지르자, 그는 손을 들어 커다랗고 따스한 손으로 나의 입을 막았다. 그에게선 화약과 건초, 거름 냄새가 났지만 내 입을 막고 있는 그의 손 때문에 말을 할 수가 없었다.

이 단락은 후각과 촉각이 뒤섞여 있다. 그리고 우리는 두 사람의 대화를 통해 상황이 어떻게 전개되고 있는지 듣고 있으므로 굳이 대놓고 뭔가를 언급할 필요가 없다.

제이미는 살짝 몸을 펴더니 내게 가까이 기댔다. 그의 거친 수염이 내 뺨에 스쳤다. 이내 그의 손이 떨어지자, 관자놀이에 닿는 부드러운 입술이 느껴지면서 살갗 위로 그의 혀가 나비처럼 부드럽게 와닿았다.

거칠음과 부드러움, 두 대조적 촉감이 등장한다. "거친 수염" 다음에 "나비처럼 부드럽게"라는 표현이 나오는데, 그뿐이다. 비유적인 표현 하나만으로도 충분하다.

제이미는 아주 부드럽게 말했다. 그의 숨결이 내 얼굴 위로 따스하게 어른거렸다.
"그리고 소금 냄새도 나요. 당신 얼굴에 소금기가 있네요. 속눈썹도 젖었고. 혹시 울어요, 새서나흐?"

촉각과 미각이 아주 간결하게 드러난다. 여기서 중요한 것은 대화다. 제이미는 클레어를 걱정하고 있고, 그녀를 아주 친밀하게 인식하고 있다. 그러니 작가가 굳이 부연 설명할 필요가 없다.

"아뇨. 아니, 그냥 땀이에요. 난…… 더웠으니까."
나는 대답했지만, 갑자기 울고 싶은 비합리적인 충동이 느껴졌다.

이젠 덥지 않았다. 피부는 서늘해졌다. 창문으로 들어온 서늘한 밤바람에 내 등이 차갑게 식었다.

다시 촉각이 등장한다. 여기서 촉각은 잠시 초점의 변화를 보여 줄 목적으로 사용된다. 다시 말해, 둘 사이의 밀접한 공간에서 벗어나 주변 환경을 인식하게 만드는 것이다.

"아, 하지만 여긴…… 으음."

그는 이제 무릎을 꿇고는 한쪽 팔로 내 허리를 잡아 가만히 붙든 채 내 가슴골에 코를 묻었다.

"아."

제이미의 목소리는 다시 바뀌어 있었다.

난 평소 향수를 뿌리지 않지만, 특별한 오일을 지니고 있기는 했다. 오렌지꽃과 재스민, 바닐라 빈과 계피로 만든 인도산 오일이었다. 하나밖에 없는 오일 병은 아주 작아서, 나는 아주 가끔씩 소량만 바르곤 했다. 특별하다 싶은 때 말이다.

다시 후각이다. 독자가 향기를 직접 상상하게끔 이끄는 특정한 표현이 등장하지만, 여기서 중요한 것은 클레어가 "특별하다 싶은 때 말이다"라고 생각하는 부분이다.

"날 원했었군요. 그런데 난 당신을 건드리지도 않고 잠들어 버렸던 거군요. 미안해요, 새서나흐. 말을 하지 그랬어요."

"당신 피곤했잖아요."

그의 손은 이미 내 입에서 떨어져 있었다. 나는 그의 머리카
락을 쓰다듬으며 귀 뒤에 난 길고 어두운 타래를 매만졌다. 그
가 웃자 그 숨결이 나의 드러난 배 위로 따스하게 퍼지는 느낌
이 났다.

다시 촉각이다. 여기서는 클레어가 알몸이라는 사실을
드러내고, 지금 두 사람 몸의 상대적 위치를 알려 주는 단서
가 등장한다.

"이런 일이라면 죽었다가도 깰 수 있어요, 새서나흐. 그래도
전혀 상관없다고."

제이미는 이제 몸을 일으켜 나를 마주 보았다. 어둑한 불빛
가운데서도 똑똑히 보였다. 이제 내 쪽에서 이토록 필사적으
로 굴지 않아도 되겠구나.

몇 안 되는 시각적 표현이 등장한다. 클레어의 반응을 묘
사하고 있기 때문에, 그녀가 보고 있는 게 뭔지 구구절절 적
을 필요가 없다. 그저 독자가 자신의 경험에 근거해 나머지
여백을 채우도록 두면 된다.

"더워요. 땀이 나네요."

"나는 아닌 것 같아요?"

제이미는 내 허리를 손으로 감고서 나를 불쑥 들어 올려 널따란 창턱에 내려놓았다. 나는 반사적으로 양쪽 창틀을 쥐었다. 차가운 목재의 감촉을 느끼자 숨이 헉 나왔다.

두 사람의 몸의 위치가 어떻게 바뀌었는지를 다시 알려 주는 대목이다. 촉각을 이용한 세부 묘사가 이 변화를 더욱 강조하고 있다.

"이게 뭐 하는 짓이에요?"

제이미는 굳이 대답하지 않았다. 사실 내 질문도 답을 바라고 한 건 아닌 그저 감탄사에 불과했으니까.

"오 드 팜."

제이미는 무릎을 꿇으며 중얼거렸다. 그의 부드러운 머리카락이 나의 허벅지에 스쳤다. 나무 바닥이 그의 몸무게를 받아 내며 삐걱거렸다.

"파르핑 다무르, 으음."

이 단락은 두 사람의 신체적인 상황을 알려 주는 단서들이 녹아 있다. 물론 구체적으로 장면을 그리고 있지는 않지만, 제이미의 발언을 보면 클레어의 냄새를 맡고 있고, 그것이 성적 행위의 한 방식으로 이루어지고 있음이 드러난다. 특히 그의 머리카락이 클레어의 허벅지를 스치고 나무 바닥에서 삐걱거리는 소리가 났다는 표현 덕분에, 그가 지금 무엇을 하고 있는지 명백하게 알 수 있다.

서늘한 바람이 내 머리카락을 날리자, 더없이 가벼운 연인의 손길처럼 머리카락이 등을 가로질러 간지럽혔다. 제이미의 손은 굴곡진 나의 허리를 단단히 잡았다. 내 몸이 떨어질 염려는 없었다. 그런데도 아찔하게 뒤로 넘어갈 것만 같은 이 기분이라니. 저 맑고 끝없는 밤하늘로, 별이 흩어진 텅 빈 하늘로 떨어지면서 계속 그렇게, 끝없이 추락할 것만 같았다. 내 몸을 가로지르는 통로에 마찰이 이어지면서 자그마한 점이 점점 뜨겁게, 더욱 뜨겁게 불타올라서, 결국 하얗게 작렬하며 쏘아 올린…… 별똥별이 되었다.

여기서는 감각의 초점이 달라진다. 둘 사이의 신체적 친밀도를 구체적으로 알려 주던 촉각적 묘사에서 바깥 하늘을 감동적으로 그려 내는 시각적 묘사로 초점이 자연스럽게 바뀌었다. 이 시각적 묘사는 클레어의 감정과 육체의 오르가슴을 동시에 드러내는 멋진 은유가 된다.

"쉬잇."

제이미가 아스라이 중얼거렸다. 그는 이제 내 허리에 손을 얹은 채로 일어서 있었다. 들려오는 신음은 어쩌면 바람 소리였을지도, 아니면 내게서 나는 것이었을지도 모른다. 그의 손가락이 내 입술을 쓸었다. 그 손가락이 혹시 성냥이었을까. 그래서 내 피부에 그어져 불길을 일으켰던 걸까. 열기가 내 몸에 어른거리면서 배와 가슴으로, 목과 얼굴로 퍼지며 앞쪽을 온통 불태웠다. 반대로 나의 뒤편은 서늘했다. 문득 석쇠에 몸 한쪽이 지져져 순교한 성 라우렌시오가 떠올랐다.

비유가 계속되면서, 등장인물들의 시점 바깥으로 "아스라이" 떨어져 있던 초점이 다시 바뀌어 곧바로 물리적 배경, 즉 두 사람의 몸에 집중된다.

나는 다리로 그의 몸을 감쌌다. 한쪽 발꿈치는 그의 엉덩이 골에 자리 잡았다. 내 다리 사이에 감긴 제이미의 단단하고 강력한 하반신만이 나를 잡아 주는 유일한 닻이었다.

전체 장면에서 몇 안 되는 노골적인 묘사가 등장하는데, 두 사람의 신체 자세를 분명히 말해 주어야 하기 때문이다. 다소 특이한 자세니까.

"다리 풀어요. 안아 줄게요."

그가 귓가에 속삭였다. 나는 다리를 놓고서 허공에 등을 기댔다. 그의 손에 안전하게 잡혀 있었으니까.

자, 이제 어떻게 하는 건지 알겠는가? 예시문에서 보았듯, 묘사는 전반적으로 단순하고 명확하면서도 우아하다. 신체적 상황을 나타내는 단서들은 중요하지만, 되도록 간결하게 서술했다. 자칫 징그러울 수 있는 부분에서는 서정적 은유를 살짝 가미하여 표현하기도 했다. 이러한 절제 덕에 장면에 많은 힘을 불어넣을 수 있었고, 대화를 통해 감정적인 내용을 설명하지 않고 보여 줄 수 있었다.

밑그림

이제 내가 '밑그림underpainting'이라고 부르는 기법에 대해 이야기하고자 한다.

밑그림이란 세부 묘사나 몸짓 언어, 부사구, 드리워진 빛과 그림자 등의 작고 세밀한 요소들을 장면에 더하는 기법이다. 이 요소들은 장면에 필수적이지도, 그 자체로는 눈에 잘 띄지도 않지만 소소하게 쌓이면 장면에 현실감과 입체감, 명암을 부여한다.

물론 이런 밑그림이 없어도 장면 자체는 크게 달라지지 않을 것이다. 어차피 일어날 일은 일어날 테니까. 하지만 그 일이 얼마나 생생하고 깊이가 있는지 결정하는 것이 바로 이 밑그림이다. 밑그림이 없는 글은 좀 밋밋하게 읽히지만, 밑그림이 있는 글은 실제로 독자의 멱살을 움켜쥐고 책 속으로 끌어당기는 효과를 줄 수 있다.

다음의 짧은 장면은 두 가지 버전의 예시문이다. 첫 번째는 밑그림이 전혀 없고, 두 번째는 밑그림이 아주 풍성하다.

밑그림이 '없는' 버전

클레어가 남편인 제이미에게 요도 주사기 사용법을 설명하는 내용이다.

"그걸로 뭘 한다고요?"

"그러니까, 바늘처럼 생긴 부분을 약간 아래쪽으로 내려서 꽂은 다음에, 염화수은 같은 용액을 요도에 밀어 넣는 것 같아요."

"거, 거기에다가……."

"하는 법을 보여 줄까요?"

"아뇨. 그런데 타는 듯이 엄청 아플까요?"

"별로 기분 좋은 느낌은 아니겠지요."

"그래요. 좋지는 않겠죠."

나는 생각에 잠긴 채 말했다.

"내가 생각해도 아주 효과적일 것 같지는 않아요. 이런 주사까지 놨는데도 낫지 않는다면 정말 불쌍할 거예요. 안 그래요?"

"무슨—"

제이미는 입을 열었지만, 나는 서둘러 말을 가로챘다.

"그러니까 실비 부인에게 돌아가서 내가 그 여자애들을 치료할 수 있도록 준비해 주면 어때요? 그래 줄래요?"

"실비 부인이 누군데요?"

제이미는 수상쩍은 목소리로 물었다. 나는 심호흡을 하며 말했다.

"동네 사창가 주인이요. 펜티먼 박사의 하녀가 부인 이야기를 해 줬어요. 이젠 도시에 사창가가 한 군데만 있는 건 아니겠다는 생각이 들긴 했지만, 실비 부인은 경쟁 업소가 있다면 분명히 알 거예요. 그러니 당신에게 이야기를—"

"사창가라고요. 나더러 사창가에 가라는 거군요."

제이미가 반복해서 말하자, 나는 대답했다.

"음, 물론 원한다면 나도 같이 갈게요. 하지만 당신 혼자 가는 게 더 나을 것 같긴 해요. 나는 직접 할 거거든요."

나는 다소 퉁명스레 덧붙였다.

"하지만 거기 사람들이 나에게는 전혀 관심을 두지 않을 것 같긴 해요."

"아, 내 생각에는 아주 관심이 많을 것 같은데요."

제이미는 대답했다.

밑그림이 '있는' 버전

"그걸로 뭘 한다고요?"

내가 스티븐 보닛의 고환에 대해 설명하자 제이미는 살짝 움찔했다. 그리고 요도 주사기가 뭔지 묘사하는 부분에 다다르자, 그는 저도 모르게 다리를 꼬았다.

"그러니까, 바늘처럼 생긴 부분을 약간 아래쪽으로 내려서 꽂은 다음에, 염화수은 같은 용액을 요도에 밀어 넣는 것 같아요."

"거, 거기에다가……."

"하는 법을 보여 줄까요? 보거스 씨 댁에 바구니를 두고 왔지만, 가져올 수 있어요. 그러면—"

"아뇨."

제이미는 몸을 앞으로 숙이더니 무릎 위에 팔꿈치를 단단히 대고서 이어 물었다.

"그런데 타는 듯이 엄청 아플까요?"

"별로 기분 좋은 느낌은 아니겠지요."

"그래요. 좋지는 않겠죠."

나는 생각에 잠긴 채 말했다.

"내가 생각해도 아주 효과적일 것 같지는 않아요. 이런 주사까지 놨는데도 낫지 않는다면 정말 불쌍할 거예요. 안 그래요?"

그는 옆에 놓인 수상쩍은 소포 꾸러미 안에서 똑딱똑딱 소리가 들린다는 걸 방금 깨달은 사람처럼 불안한 기색으로 나를 바라보았다.

"무슨—"

제이미는 입을 열었지만, 나는 서둘러 말을 가로챘다.

"그러니까 실비 부인에게 돌아가서 내가 그 여자애들을

치료할 수 있도록 준비해 주면 어때요? 그래 줄래요?"

"실비 부인이 누군데요?"

제이미는 수상쩍은 목소리로 물었다. 나는 심호흡을 하며 말했다.

"동네 사창가 주인이요. 펜티먼 박사의 하녀가 부인 이야기를 해 줬어요. 이젠 도시에 사창가가 한 군데만 있는 건 아니겠다는 생각이 들긴 했지만, 실비 부인은 경쟁 업소가 있다면 분명히 알 거예요. 그러니 당신에게 이야기를—"

제이미는 한 손으로 얼굴을 쓸어내렸다. 아랫눈꺼풀이 끌려 내려오자 충혈된 눈이 특히 도드라져 보였다.

"사창가라고요. 나더러 사창가에 가라는 거군요."

제이미가 반복해서 말하자, 나는 대답했다.

"음, 물론 원한다면 나도 같이 갈게요. 하지만 당신 혼자 가는 게 더 나을 것 같긴 해요. 나는 직접 할 거거든요."

나는 다소 퉁명스레 덧붙였다.

"하지만 거기 사람들이 나에게는 전혀 관심을 두지 않을 것 같긴 해요."

그는 한쪽 눈을 감고서 다른 쪽 눈으로 나를 지그시 바라보았다. 그 눈빛은 마치 사포질을 한 것 같았다.

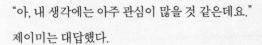

"아, 내 생각에는 아주 관심이 많을 것 같은데요."
제이미는 대답했다.

자, 작가에 따라서는 한 장면 안에 밑그림을 얼기설기 그려 둔 다음, 나중에 다시 세부 묘사를 덧붙이는 것을 선호하는 이들이 있다. 개인적으로 나는 쓰면서 밑그림을 같이 그리는 편이다. 하지만 어떤 방식으로 하든 취향의 문제일 뿐이다. 무슨 글을 쓰든, 글쓰기에 단 하나의 왕도란 없다.

제8장

요소의 반복

기본적인 규칙, 3의 법칙 변형본

좋은 글쓰기, 다시 말해 강렬하고도 기억에 남는 글쓰기의 일반적인 패턴 중 하나는 바로 반복 효과를 이용하는 것이다. 플롯 장치나 이미지, 눈에 띄는 문구 등 특정 요소를 사용하는 경우, **한 번** 반복해 사용했을 때는 독자가 의식적으로 알아차릴 수도 있고, 그렇지 않을 수도 있다. 어쨌든 한 번으로는 글의 흐름을 방해하지 않는다. 그런데 그 요소를 **두 번** 반복해서 사용하면, 독자는 의식적으로는 알아차리지 못할지라도 무의식적으로는 알아차리게 된다. 그래서 반복되는 요소는 글의 울림이나 깊이감, 몰입감을 더해 준다. (반복되는 요소가 플롯 장치라면, 극적 긴장감을 높일 수 있다.)

하지만 그 요소를 **세 번** 사용하면, 세 번째부터는 **모두가**

그 요소를 알아챌 것이다.

많은 고전적인 농담이 3단계 구조를 갖고 있는 것도 이런 이유에서다. 사제와 목사, 유대교 랍비가 골프를 치는 농담이나 스코틀랜드인과 잉글랜드인, 이탈리아인이 비행기를 타고 가는 농담의 구조를 떠올려 보자. 농담의 핵심은 언제나 마지막 세 번째 단계에서 등장한다.

만약 당신이 코미디를 쓴다면 이런 '3의 법칙'을 사용하기가 아주 쉽다. 코미디 작가는 독자들에게 이런 반복적 요소를 일부러 드러내려 하고, 이 때문에 글이 더욱 재미있어지기 때문이다. 하지만 극적이거나 진지한 이야기를 쓸 때는 이 법칙을 효과적으로 사용하기가 훨씬 어렵다. 의식적으로 반복을 강조하면 독자가 한창 몰입해서 글을 읽다가 이것을 깨닫는 순간, 갑자기 마법이 깨지는 부작용이 생기기 때문이다. 하지만 일반적으로 진지한 글에서 어떤 요소를 두 번 사용하면 감동을 불러일으키는 데 효과적이다. 특히 그 요소를 글자 그대로 단어 하나하나 반복하지 않으면서 반복할 수 있다면 더욱 좋다.

나는 앞서 카를로스 루이스 사폰의 『바람의 그림자』라는 작품을 예로 들었다. 이 책은 이미지를 매우 풍부하게 사용한 대단히 감각적인 책이다. 흐르는 물, 관상용 연못과 분수, 고드름, 얼어붙은 호수 등 특히 물의 이미지가 아주 많이 등장한다. 물의 이미지가 너무 많아서, 독자는 분수대 안에 거꾸로 가라앉은 조각상이 있다는 사실조차 알아차리지 못한다. 물론 이 조각상은 처음에는 자세히 묘사되지 않는다. 그저 배경 분위기의 일부로 등장할 뿐이다. 두 번째로 언급될 때는 약간 다른 언어로 묘사되는 데다 등장인물의 행동과 반응에 엮여서 등장하고(내 기억으로는 등장인물이 조각상을 피하다가 휘청였던 것 같다), 독자의 시선이 등장인물의 행동에 집중되어 있기 때문에 실제로 그 조각상을 눈여겨보거나 부서진 대리석이 날카롭게 삐죽 튀어나와 있다는 사실을 알아채지 못한다. 그러다 수백 장 더 읽은 뒤, 이야기가 절정에 달할 때에야 독자는 분수대에 그 조각상이 있는 이유를 알게 된다.

강간, 고문, 그리고 3의 법칙

이 책 첫머리에서 나는 인간의 오감 중 세 가지 감각을 사용해 장면을 입체적으로 만드는 '3의 법칙'을 언급했다. 하지만 이것은 순전히 기계적인 기법이다. 3의 법칙을 더 정교하고 구조적으로 활용하면 이야기의 울림과 힘을 더 높이 끌어올릴 수 있다.

트위터에서 독서 블로그를 운영하는 한 남성 독자의 트윗을 본 적이 있다. 그는 『아웃랜더』를 방금 다 읽었다면서, 재미있었지만 '교도소가 나오는 챕터'부터는 책장이 넘어가지 않았다고 썼다. 나는 그에게 **당신이 웬트워스 교도소 부분을 재미있게 읽었다면 그게 오히려 문제이지 않았을까요**, 라고 답장을 보냈다. 그러자 그는 이렇게 말했다. **어째서 우리의 멋진 주인공에게 이런 극심한 고통과 시련을 안겨 주시나요? :)** 그리고 그는 덧붙였다. **제가 『아웃랜더』가 나온 지 한참 뒤에야 읽어서 뒷북을 치고 있다는 건 알아요. 작가님도 이미 비슷한 질문을 받은 적이 있겠지만, 그 챕터는 정말 감정적으로나 신체적으로나 크나큰 고통이었다고요.**

질문에 대해 간단히 대답하자면, 나는 벌어진 사건을 그대로 책에 옮긴 것뿐이지만, 독자에게는 그것만으로는 충분하지 않다. 어떤 일이 일어나거나 필요하다고 생각할 때는 항상 그만한 이유가 있다. 내가 그 이유를 알고 글을 쓰든 모르는 채로 쓰든 간에, 이유는 늘 존재한다. 그렇다면 이 경우에는 어떤 이유가 있었을까?

일단, 이 이야기는 아주 조마조마한 이야기다. 좋은 이야기가 되려면 극적인 사건이 있어야 한다는 것은 거의 모든 사람이 아는 진리다. 생각해 보라. 스릴러나 SF, 판타지 소설 중에서 이게 무슨 우주의 운명 같은 이야기인가 싶은 설정이 얼마나 많은가. 이런 장르를 쓰는 작가들은 스케일을 강렬함으로 착각하곤 한다. 하지만 배경이 어떻든, 모든 사람이 지구를 구하거나 모든 것을 파괴할 수 있는 행운의 폭탄을 손에 넣으려고 달려드는 이야기보다는 한두 사람의 삶에 미치는 영향에 초점을 맞춘 이야기가 훨씬 더 매력적이고 정서적 효과도 강렬할 것이다.

그래서 『아웃랜더』는 개인의 삶이라는 관점에서 볼 때 처음부터 끝까지 매우 조마조마한 이야기다. 물론 이것은 사랑 이야기고, 인간이 사랑을 위해 어떤 일을 할 것인가에 대한 소설이다. 예를 들어, 클레어는 자신이 알던 삶(그리고 전쟁 후 다시 되찾으려 했던 삶)과 안전한 20세기(클레어는 제2차 세계 대전을 겪으면서 안전이 얼마나 소중한지 그 누구보다도 절실히 깨달았을 것이다), 사랑했던 남편을 버리기로 선택한다. 그녀는 제이미와 함께하기 위해 고난과 위험, 정서적 고통을 선택했다.

하지만 이 두 사람에게 사랑이란 항상 상호적이다. 한 쪽이 다른 쪽을 위해 희생하는 관계가 아니다. 이야기 내내 그들은 서로를 계속 구원한다. 그리고 그 대가는 아주 크다. 제이미는 블랙 잭 랜들에게서 클레어를 구하기 위해 그녀와 결혼한다. 만약 잭 랜들이 실제로 심각한 위협이 아니었다면, 그렇게까지 할 필요가 있었을까? 하지만 랜들은 정말로 심각한 위협이었다. 우리는 제이미의 뒷이야기를 통해 그 사실을 알게 된다. 랜들은 가학적인 사이코패스로, 제이미의 삶을 망가뜨리고 육체적·정신적으로 심각한 상해를 입혔다. 제이미는 이 남자로부터 클레어를 구해 내기 위해 자신의 이름과 씨족의 보호를 벗어나겠다고, 심지어 자기 몸의 안위까지도 포기하고 자신이 가진 모든 것을 그녀에게 주겠다고 맹세한다.

랜들이 클레어를 잡아다가 포트윌리엄에서 덮쳤을 때 제이미는 즉시 클레어를 랜들에게서 구하지만, 그렇게 함으로써 자신뿐만 아니라 자기와 함께 있던 모든 사람을 심각한 위험에 빠뜨리고 신체적 대가는 물론이고 정서적 대가까지 치르게 된다.

"난 그 기둥에 묶여 있었어. 짐승처럼. 그리고 피가 철철

흐르도록 채찍질을 당했다고! ⋯⋯하지만 오늘 오후에 내가 빌어먹게 운이 좋지 않았다면, 채찍질보다 백배 천 배 심한 일을 당했을 거야⋯⋯. 그리고 당신 비명을 듣 자마자 빈 총 말고는 아무것도 없는 채로 달려갔어."

이야기가 전개될수록 제이미를 (또 클레어를) 향한 랜 들 대위의 위협은 점점 커진다.

하나, 둘, 셋. 3의 법칙. 여기에서도 3의 법칙이 작용한 다. 블랙 잭 랜들과의 세 번째 만남이야말로 이 위협이 가장 극대화되는 클라이맥스다. 제이미는 그에게 붙 잡혀 중상을 입었고, 클레어는 위험을 무릅쓰고 제이 미를 구하러 왔지만 랜들에게 인질로 붙잡혀 목숨을 위협당한다.

알겠는가? 이번 위협은 **반드시** 납득할 만한 것이어야 한다. 즉, 우리는 랜들이 지금까지 제이미에게 가한 학 대를 보고 들었다. 그래서 그가 클레어를 붙잡은 이상 어떻게든 막심한 피해를 입힐 것이라는 데 의심의 여 지가 없어야 한다. "아, 저놈 참 나쁜 인간이네, 어떻게 저런⋯⋯." 같은 말만 할 게 아니라, 진짜로 믿어야 한다 는 뜻이다. 이로써 제이미가 하는 행동이 자신의 남은 인생을 클레어의 목숨과 맞바꾸는 짓이라는 것을 제대로 인식해야 한다.

그 점을 믿기 때문에, 우리는 제이미의 절망과 클레어의 좌절을 함께 느낄 수 있다.

그렇다. 우리는 이 책 전체에서 사랑에는 대가가 따른다는 것을 보았다. 제이미와 클레어는 고되고 힘든 역경을 견뎌 내며 관계를 쌓아 왔고, 그 관계는 그들이 희생할 만한 가치가 있었다. 이것은 마지막 도전이고, 제이미는 분명히 최후의 대가가 될 만한 것을 기꺼이 지불했다.

그러니 작가인 내가 어째서 그 점을 버려야 하는가? 제이미가 구사일생으로 (앞으로 당하게 되리라 그도 알고 우리도 아는) 강간과 고문을 당하지 않게 해 준다면, 오히려 그의 희생을 보잘것없도록, 별것 아닌 것으로 만들어 버리는 것이나 마찬가지다. (십자가에 못 박히기 전, 예수가 겟세마네 동산에서 괴로워할 때 누군가 나타나서 이렇게 말한다고 생각해 보라. "어이, 이 사람아, 자네 이럴 필요 없다고. 날 따라와. 내가 저기에 노새를 한 마리 준비해 놨으니 어서 몸을 피하라고…….")

그러므로 사랑에는 대가가 따르는 법이고, 그 대가는

진짜다. 하지만 그들은 서로를 구한다. 클레어는 제이미의 목숨뿐만 아니라 그의 영혼까지 구원한다. (그렇다. 그것은 속죄와 부활이다. 이 이야기 전체에 그리스도의 이미지가 존재한다. 좀 어설퍼 보일지도 모르겠지만, 이건 나의 첫 책이라는 점을 참작해 주기 바란다.) 제이미가 희생을 선택함으로써 정말로, 진정으로 죽을 뻔하지 않았다면 그의 영혼은 위험에 처하지 않았을 것이다.

즉, 클레어가 절체절명의 순간에 지원군을 이끌고 나타나서 그가 그런 고통과 시련을 겪기 전에 구해 주었다면…… 두 영웅은 함께 악을 물리치고 석양 너머로 유유히 사라지는 멋지고 훈훈한 이야기가 되었을 것이다. 하지만 제이미와 클레어가 진정한 악을 정복하고 진정한 사랑이 무엇인지 보여 주는 이야기의 힘은 절반도 생기지 않았을 것이다. 진정한 사랑은 진정한 대가를 요구한다. 그리고 그 대가는 치를 만한 가치가 있다.

나는 항상 내가 써 온 모든 책은 저마다 형상을 갖추고 있다고 말해 왔다. 『아웃랜더』의 내부 구조를 도형으로 표현하자면 세 개의 삼각형이 살짝 겹치는 모양이다. 각 삼각형의 꼭짓점은 각각 이 책에 나타나는 세 가지 감정의 절정이다. ① 클레어가 선돌에서 괴로운 선택을 하고 결국 제이미와 머무르기로 했을 때 ② 제이미를 웬트워스 교도소에서 구해 냈을 때 ③ 수도원에서 제이미의 영혼을 구해 주었을 때다. 여기서 ①과 ②만 있었더라도 여전히 좋은 이야기였겠지만 (위에서도 언급했듯) '3의 법칙'이 있지 않은가. 1단계, 2단계, 3단계로 나아가는 이야기는 그저 한두 단계만 가진 이야기보다 훨씬 더 큰 힘을 갖는다.

제9장

보이지 않는 섹스 장면

언제, 왜, 그리고 어떻게 침실 문을 닫아야 하는가

'전부 다 보여 줘야 할' 때와 '사랑의 이름으로 그만, 여기까지!'라고 해야 할 때는 언제인가? 그리고 왜 그래야 하는가?

섹스 장면의 수위는 다음에 나열한 조건들이 결정한다.

1) 작가 개인이 편안하다고 느끼는 기준이 수위를 결정한다. (또는 지루하다고 느끼는 기준에 따라 달라지기도 한다. 뒤의 '다양성' 항목을 참조하라.)

2) 글의 장르나 시장에서 부과한 제약에 따라 수위가 결정되기도 한다. 예를 들어 (할리퀸Harlequin 출판사나 그와 비슷한 영국의 밀스앤분Mills&Boon 출판사) 로맨스 소설 카테고리에는 공식적인 지침이 있는데, 섹스

장면의 빈도와 수위들이 여기서 결정된다. 이런 소설들은 이야기의 소재와 유형, 성적 수위에 따라 명확하게 구분되어 '라인' 또는 '카테고리'별로 판매된다.

예를 들어, '달달물heartwarming'이라고 분류된 소설은 키스나 약간의 더듬기 정도의 수위를 지닌 풋풋한 이야기가 전개되는 게 특징이다. 이런 소설에서는 밀도 높은 섹스, 오르가슴에 이르는 수위 높은 성적 묘사는 나오지 않는다. 반면, '고수위blazing'라고 분류된 소설은…… 글쎄, 사자 굴에 제 발로 들어가는 사람을 막을 방법이 있을까. 이런 소설을 골랐다면 독자들은 등장인물이 남자든 여자든 '끝까지 가는 섹스 장면'이 한 번 이상은 나오리라는 것을 믿어 의심치 않는다.

로맨스가 아닌 다른 장르에서는 성적인 내용이 노골적으로 요구되지 않을지도 모르지만, 그러거나 말거나 편집자와 독자는 그런 내용을 기대한다.

3) 다양성에 따라 수위가 달라진다. 책의 모든 섹스 장면이 키스와 애무, 삽입과 오르가슴이라는 똑같은 구조로만 이루어진다면 독자들은 금세 지루해질 것이다. (특히 당신이 그간의 조언을 싹 무시하고 순전히 육체에 초점을 맞춰 섹스 장면을 쓰고 있다면 더더욱 그렇다.)

4) 긴장감에 따라 수위가 달라진다. 두 사람 사이의 상호

작용으로 역동적인 변화가 일어나면 기대감이 점점 쌓이거나 긴장감이 고조될 수 있다. 일반적으로 섹스는 이런 효과를 극대화시킨다. 하지만 섹스를 대놓고 보여 줄 필요는 없다. 이야기에서(또는 작가인 당신에게) 중요한 것은 등장인물들이 섹스를 했느냐가 아니라, 그 결과 두 사람의 관계가 어떻게 달라졌느냐이기 때문이다.

5) 독자들의 상상력을 얼마나 높이 평가하느냐에 따라 수위가 달라진다. 독자들은 언제나 작가인 당신이 지면에 쓴 것 이상을 상상한다. 이것이 바로 작가가 절제할수록 묘사의 효과가 더 커지는 이유다. 절제된 글은 상상력이 마음껏 발휘될 여지를 준다. (왜 상상력이 언제나 좋은 결과를 낳느냐고? 상상력이란 상상하는 주체가 누구냐에 따라 모두 제각각이기 마련이며, 상상에는 제한이 없기 때문이다.)

만약 당신이 쓰기로 선택한 장르에 반드시 지켜야 할 규약이 없다면, 당신이 쓰고 있는 이야기에 섹스 장면을 넣고 싶은지, 또 그게 이야기 전개에 얼마나 중요한 역할을 할지 잘 생각해 보기 바란다. 만약 제이미와 클레어처럼 성관계를 지속해서 이어 가는 캐릭터를 써야 한다면(그 관계가 절정까지 이어지든 아니든), 직접적인 '섹스 장면'이 없더라도

그들이 사랑을 나눈다는 암시만으로 이야기가 충분히 완성
될 수 있다.

예시 12:
혼전의 긴장감

"들어가겠어? 곧바로 시원해질 거야."

그는 무기를 다시 집으며 씩 웃었다. 그리고 손등으로 눈썹
과 턱에서 물기를 닦아 냈다.

"아니요. 하지만 내 옷이 당신 옷처럼 물에 젖거나 햇볕을
받아도 상관없었다면 나도 들어갔을 거예요."

그녀는 한 손으로 땀에 젖은 얼굴에 차가운 물방울을 묻히
며 말했다. 그는 낡은 사슴 가죽 레깅스를 입고 그 위로 브리치
클라우트*를 둘렀다. 상반신에 걸친 캘리코 셔츠는 너무 바래
서 천에 있던 빨간 꽃무늬는 갈색 바탕과 거의 똑같은 색으로
보였다. 그의 옷은 물에 젖거나 햇빛을 받아도 상관없을 것이
다. 게다가 그는 젖으나 마르나 똑같아 보였다. 하지만 그녀는
젖어 버리면 물에 빠진 생쥐처럼 보일 것이다. 그것도 야하게
젖은 생쥐겠지. 반투명한 속옷과 드레스가 물에 젖어 착 달라

---

* Breechclout, 허리에 두르는 천.

붙어 버릴 테니까.

이런 무심한 생각을 하고 있는데, 이안의 허리띠 버클이 움직였다. 그 움직임에 그녀의 시선이 이안의 리넨 브리치클라우트 천에 닿았다. 아니, 이제 천은 없었다. 그가 걷어서 벨트 위로 당겨 버렸으니까.

그녀는 숨을 헉 들이쉬었다. 그러자 이안은 놀라서 그녀를 바라보았다.

"왜?"

"아무것도 아니에요."

시원한 물로 닦았건만, 그녀의 얼굴이 달아올랐다. 하지만 이안은 그녀의 시선 방향을 따라 아래를 내려다보았고, 이내 그녀의 눈을 똑바로 바라보았다. 그녀는 당장 물에 뛰어들고 싶은 강렬한 충동을 느꼈다. 옷이 망가지든 말든 상관없었다.

"신경 쓰여?"

이안은 눈썹을 치켜뜨며 물었다. 그는 젖은 브리치클라우트를 뽑아서 천을 떨어뜨렸다. 그녀는 위엄 있게 대답했다.

"아뇨. 전에도 본 적 있어요. 아시잖아요. 많이 봤어요. 하지만 그래도……."

내가 조만간 잘 알게 될 사람의 것은 본 적이 없었다.

"그냥…… 당신 건 처음이라서."

"이게 아무것도 아닌 일은 아니라는 거 알아. 하지만 네가 원한다면 봐도 돼. 혹시 모르니까. 네가 깜짝 놀라는 건 바라지 않거든. 그래서야."

이안은 엄숙한 목소리로 그녀를 안심시켰다. 그녀는 이안을 흘긋 바라보며 들은 말을 되풀이했다.

"깜짝 놀란다고요? 내가 군대 막사에서 몇 달을 지냈는데, 설마 남자의 그곳이나 과정에 대해 환상을 갖고 있다고 생각하는 건 아니겠죠……. 난 아마 충격을 받지는 않을 거예요. 그때가 되—"

그녀는 말을 얼른 삼켰다. 하지만 너무 늦어 버렸다. 그는 대신 말을 맺어 주면서 씩 웃었다.

"그때가 되면 말이지? 하지만 네가 깜짝 놀라지 않으면 난 무척 실망하게 될 것 같네. 알겠어?"

『내 심장의 피로 쓴』에서 발췌

올바른 야설 vs
소설적 허용이라는 역설

우리는 고수위 성애물erotica에서 나오는 섹스와 더 큰 이야기의 한 부분으로 존재하는 섹스를 구별해서 생각해야 한다. 참 역설적이게도, 이런 구별이 존재하는 이유는 오늘날 장르 시장의 소위 고수위 성애물 출판사들이 작가가 써도 되는 상황과 쓰면 안 되는 상황에 대해 상당히 확고한 지침을 세우는 경향이 있어서다. 다시 말해, 고수위물에서 나오는 모든 성관계는 양자 간의 합의가 분명히 있어야 한다는 식이다. 심지어 신체 결박이나 폭력을 포함한 모든 성적 장면에도 인물 사이의 합의가 반드시 있어야 한다. 하지만 '평범한' 이성애 소설에서는 뭐든지 쓸 수 있다.

전반적으로 고수위 성애물은 일반 소설보다 맥락이 없다. 일반 소설에서는 섹스 장면이 뜬금없이 전개되는 일이 아주 드문 반면, 고수위 성애물에서는 종종 일어난다.

예시 13:
감정 없는 섹스

이 예문에서 주목할 점은 이것이 긍정적인 감정이나 서로 간의 끌림이 있는 섹스 장면이 절대로 아니라는 점이다. 이 장면의 요점은 ① 플롯 전개와 ② 인물의 특징을 추가로 드러내는 것이다. 또한 신체를 어떻게 구체적으로 묘사하고 있는지도 주목해 보자. 짧게 나오긴 하지만…… 꽤 많은 것들이 연상된다.

머리 위 천장으로 발소리가 쿵쿵 울렸다. 목소리가 들리긴

했지만, 단어들은 대개 알아들을 수 없으리만큼 먹먹하게 들려
왔다. 가까운 해변에서 왁자지껄한 고함이 합창처럼 유쾌하게
퍼졌다. 그에 화답하듯 화기애애한 여자의 꺅 소리가 이어졌다.

선실에는 널찍한 격자 창이 달렸다. 배의 창문도 창문이라
고 하던가? 아니면 특수한 선박 용어가 있던가? 브리아나는
잠시 생각했다. 창문은 침대 뒤로 이어져 선미의 각을 따라 움
푹 들어간 구조였고, 작고 살이 굵은 격자로 만들어져 납으로
된 창틀에 끼워져 있었다. 저기로 탈출할 수는 없겠지만, 그래
도 환기가 분명히 되기는 하겠지. 어쩌면 그들이 어디에 있는
지 저 창으로 알아볼 수 있을지도 모른다.

역겹고 메스꺼운 꺼림칙한 기분이 들었지만 애써 억누르면
서, 그녀는 얼룩지고 구겨진 침대 시트 위로 올라갔다. 그리고
창가에 바짝 붙어 앉아 열려 있는 유리창에 얼굴을 붙이고는,
숨을 들이마시며 선실의 냄새를 떨쳐 버리려 했다. 하지만 항
구의 냄새도 별로 나을 것은 없었다. 죽은 생선과 하수구, 진흙
이 말라붙어 가는 냄새가 공기 중에 가득했다.

브리아나는 작은 부두 위에서 움직이는 인영들을 보았다.
야자수 잎으로 지붕을 덮고 흰 칠을 한 건물 바깥 해변에서 불
이 타오르고 있었다. 바깥은 너무 어두워서 건물 너머에 무엇
이 있는지조차 보이지 않았다. 그래도 자그마한 마을 정도는
있을 텐데. 부두에 있는 사람들의 소리를 감안하면…….

"자기야, 파티에 끼고 싶어? 아니면 나 없이 시작하려고?"

그녀는 무릎을 꿇은 채로 몸을 휙 돌렸다. 심장이 목에 걸려 쿵쿵 뛰어 댔다. 스티븐 보닛은 한 손에 술병을 들고서 미소 띤 얼굴로 선실 문가에 섰다. 그녀는 충격을 가라앉히려고 심호흡을 했지만, 무릎 아래 시트에서 훅 풍겨 오는 퀴퀴한 섹스의 냄새에 숨이 턱 막힐 뻔했다. 그녀는 자신의 옷차림에 아랑곳하지 않고 서둘러 침대에서 내려왔다. 그러다가 치마에 무릎이 걸리면서 허리 부분이 찢어지는 것을 느꼈다.

"여기가 어디지?"

그녀의 목소리는 본인이 들어도 겁에 질린 듯 새되게 들렸다.

"아네모네 꽃밭 위인데."

그는 여전히 웃으며 참을성 있게 말했다.

"내 말이 무슨 뜻인지 알잖아!"

남자들이 그녀를 말에서 끌어내렸을 때, 몸싸움을 하다 드레스와 슈미즈의 목 부분이 찢어져 버렸다. 그래서 지금 한쪽 가슴이 대부분 드러났다. 그녀는 손을 들어 찢어진 천을 제자리로 돌려놓았다.

"내가 안다고?"

그는 책상 위에 술병을 올려놓고 손을 뻗어 스톡 타이를 풀었다.

"아, 이러니 좀 낫네."

그는 목에 난 검붉은 선을 문질렀다. 그녀의 눈앞으로 문득 갈기갈기 찢긴 흉터가 난 로저의 목덜미가 아프도록 떠올랐다.

"이 마을 이름이 뭔지 알고 싶어."

브리아나는 목소리를 높이며 그를 송곳 같은 눈빛으로 응시했다. 물론 이런다고 아버지의 소작인들이 고분고분해지는 것 같은 효과가 이 남자에게도 똑같이 일어나지는 않겠지만, 명령하는 듯한 태도를 갖추자 자신의 마음이 조금은 안정이 되었다.

"뭐, 그거야 알려 주기 어렵지 않지. 물론이고말고. 여긴 로어노크야."

그는 해변 쪽으로 손을 아무렇게나 저으며 덧붙였다. 그리고 코트를 홀렁 벗어 의자 위에 아무렇게나 걸쳤다. 겉옷을 벗자 가슴과 어깨에 축축하게 달라붙은 구겨진 리넨 셔츠가 보였다.

"그 드레스는 벗는 게 좋겠어, 자기야. 여긴 덥잖아."

그가 셔츠를 묶은 끈에 손을 뻗자, 그녀는 침대에서 확 물러서서 선실을 둘러보았다. 무언가 무기로 쓸 만한 물건이 있는지 어둑한 곳을 찾았다. 의자, 램프, 항해 일지, 병……. 저거다. 책상 위에 놓인 온갖 물건 사이로 나무 조각이 보였다. 말린스파이크*의 뭉툭한 끝부분이었다.

그는 잠시 엉킨 셔츠의 끈을 푸는 데 집중하면서 눈살을 찌푸렸다. 브리아나는 두 걸음을 크게 내디뎌 말린스파이크를

---

* 배에서 사용하는 밧줄을 꿰는 굵은 바늘.

잡고서 책상 위 잡동사니에서 확 끌어냈다. 그 바람에 물건이 우수수 쏟아지며 잡동사니가 와장창 소리를 냈다.

"물러서."

그녀는 양손으로 야구 방망이를 잡듯 말린스파이크를 움켜 쥐었다. 움푹한 등허리로 땀이 흘러내렸지만 손은 차갑게만 느껴졌고, 얼굴은 달아올랐다가 싸늘하게 식었다가 또 달아오르기를 반복했다. 열기와 공포가 피부를 타고 넘실거렸다.

보닛은 미쳤다는 듯이 그녀를 바라보았다.

"대체 그걸로 뭘 하겠다는 거야, 이 여자야?"

그는 셔츠 끈을 풀다 말고 그녀 쪽으로 한 걸음 다가왔다. 그녀는 말린스파이크를 치켜들면서 한 걸음 또 물러섰다.

"나 건드리기만 해 봐!"

그는 눈을 커다랗게 뜨고 브리아나를 빤히 바라보았다. 깜빡이지도 않는 옅은 초록색 눈동자 아래로 작게 지은 미소가 묘했다. 그는 여전히 웃으면서 그녀에게 한 발짝 더 다가갔다. 그리고 또 한 발짝 가까워지자, 공포가 분노로 확 끓어올랐다. 브리아나는 어깨를 움츠렸다가 쫙 펴고서 대비를 했다.

"진심이야! 물러서지 않으면 널 죽일 거야. 내가 죽는다고 해도 이 아기의 아버지가 누군지는 알아야겠어!"

그는 말린스파이크를 그녀의 손에서 빼앗겠다는 듯 손을 들었다가, 이 말을 듣고서 갑자기 행동을 멈췄다.

"아기라고? 너 임신했어?"

그녀는 마른침을 삼켰다. 여전히 목이 메었다. 귓가에 맥이 두근두근 뛰었고, 손바닥에 땀이 차서 쥐고 있는 매끈한 말린 스파이크가 미끄러졌다. 그녀는 손에 힘을 쥐고서 분노를 되살리려 했지만, 이미 마음은 사그라지고 있었다.

"그래. 그런 것 같아. 이제 2주 후면 알게 되겠지."

그는 모래 빛 눈썹을 치켜떴다.

"흠!"

그리고 짧게 투덜댄 다음 한 발짝 물러서서 흥미로운 눈빛으로 그녀를 찬찬히 훑어보았다. 그리고 천천히 눈길로 그녀를 훑으며 드러난 한쪽 가슴을 살폈다.

갑자기 솟구쳤던 분노가 사라진 브리아나는 숨이 모자라고 속이 허해졌다. 계속 말린스파이크를 쥐고 있긴 했지만, 손목이 덜덜 떨려서 내려놓을 수밖에 없었다.

"그래서 이러는 거야?"

그는 몸을 앞으로 내밀며 손을 뻗었다. 지금은 전혀 음란한 의도가 없는 손길이었다. 그녀는 깜짝 놀라 잠시 굳어 버렸고, 그는 한 손으로 브리아나의 가슴을 쥐고서 시장에서 자몽을 고르는 것처럼 골똘히 생각하며 손으로 주물렀다. 그녀는 숨을 몰아쉬며 말린스파이크를 쥔 손을 그에게 휘둘렀지만 이미 준비 태세를 잃은 상태였고, 말린스파이크에 어깨를 맞은 보닛은 몸이 잠시 흔들렸지만 그것 말고는 전혀 타격이 없었다. 그는 투덜대며 뒤로 물러나 어깨를 주물렀다.

"그럴 수도 있겠군. 뭐, 그렇다면야. 그래도 우리가 항구에 있어서 다행이야."

그는 눈살을 찌푸리고는 바지 앞섶을 잡아당기더니 조금도 민망한 기색 없이 자신의 물건을 추슬렀다.

이게 무슨 말인지 그녀는 전혀 이해하지 못했지만, 신경 쓰지 않았다. 그가 자신의 폭로를 듣고는 마음을 바꿨다는 게 중요했으니까. 안도감이 들자 무릎이 풀리고 땀에 젖은 피부가 따끔거렸다. 그래서 갑자기 털썩 의자에 앉았다. 손에 든 말린 스파이크가 옆 바닥으로 탁 떨어졌다.

보닛은 복도로 고개를 내밀고선 오든이라는 사람을 소리쳐 불렀다. 오든이 누군지는 모르겠지만, 선실 안으로 들어오지는 않았다. 다만 조금 후에 바깥에서 왜 불렀느냐는 식으로 중얼대는 목소리가 들렸다.

"부두에 가서 창녀를 하나 데려와. 깨끗한 애로. 알겠냐. 그리고 아주 어린 애로."

보닛은 마치 생맥주 한 잔을 주문하듯 스스럼없이 말했다. 그리고 문을 닫고 탁자로 돌아선 다음, 잡동사니를 뒤져 백랍 잔 하나를 찾아냈다. 잔에 술을 따르고 반쯤 벌컥벌컥 마시던 보닛은 이제야 브리아나가 아직 선실에 있다는 것을 깨달았다는 듯 그녀에게 병을 내밀며 "음?"이란 소리로 애매하게 권유했다.

브리아나는 말없이 고개를 저었다. 마음 한구석에선 실낱 같은 희망이 솟아올랐다. 이 남자는 아주 조금이긴 해도 기사도적인 모습을 보여 주긴 했잖아. 최소한의 품위가 있다고. 불타는 창고로 돌아와 나를 구해 줬잖아. 그리고 자기 아이를 가졌다고 생각해서 보석을 남겼잖아. 그리고 지금은 다시 아기를 가졌다는 말을 듣고 진도를 더 나가지도 않잖아. 어쩌면 날 보내 줄지도 몰라. 특히 지금은 내가 당장 저 남자에게 쓸모가 없으니까.

"그러면…… 날 원하는 게 아니죠?"

브리아나는 조금씩 발을 놀리며 말했다. 저 문이 열리고 자신의 자리를 대신할 여자가 들어오는 순간 벌떡 일어나 달려나갈 준비가 되어 있었다. 달릴 수 있어야 할 텐데. 아직도 무릎이 덜덜 떨리고 있었다.

보닛은 놀라서 그녀를 슬쩍 바라보았다.

"난 벌써 네 보지를 갈라 봤어, 자기야."

그가 씩 웃으면서 덧붙여 말했다.

"그 빨간 털이 기억나네. 아주 보기 좋았는데. 하지만 그렇다고 무척 기억에 남는 경험은 아니었거든. 기억에 남았다면야 참지 못하고 또 하지 않았겠어? 아직은 아니야, 예쁜아. 아직은 아니라고."

그는 태연하게 브리아나의 턱 아래를 만지작거리더니 술을 또 벌컥벌컥 마셨다.

"하지만 지금은, 내 거시기가 좀 달려야겠어서……."

브리아나가 숨을 들이쉬고서 질문을 더 해 보기도 전에, 문이 열리더니 젊은 여자가 슬며시 들어와 문을 닫았다.

그녀는 20대로 보였지만, 미소 짓는 입술 사이로 어금니가 빠진 틈이 보였다. 토실토실하고 그럭저럭 봐줄 만한 얼굴에 갈색 머리카락을 지닌 여자는 이 지역 기준으로 보자면 깨끗한 편이었지만, 땀 냄새와 갓 뿌린 싸구려 향수 냄새가 어우러져 선실에 훅 풍겨 오자 브리아나는 다시 토하고 싶어졌다.

"안녕, 스티븐. 우리 술 한잔하고 시작할까?"

새로 온 여자는 발끝으로 서서 보닛의 뺨에 입을 맞추며 말했다. 보닛은 그녀를 잡고서 진한 입맞춤을 길게 한 다음 놓아주고서 술병에 손을 뻗었다.

다시 제대로 땅을 딛고 선 여자는 초연하고도 전문적인 호기심을 보이며 브리아나를 바라보았다. 그러더니 보닛을 보며 목을 긁었다.

"우리 둘이랑 같이 할 거야, 스티븐? 아니면 나랑 먼저 하고 다음에 쟤랑 할 거야? 어느 쪽이든 1파운드는 더 줘야 해."

보닛은 굳이 대답하지 않았다. 하지만 그녀의 손에 술병을 턱 들이밀고는 묵직한 가슴골을 가린 천을 휙 낚아채어 던졌다. 그리고 곧바로 자신의 앞섶을 풀기 시작했다. 반바지를 바닥에 벗어던진 보닛은 아무 말도 없이 여자의 골반을 꽉 잡고는 문으로 밀어붙였다.

여자는 한 손에 든 술병을 꿀꺽꿀꺽 마시면서 다른 손으로는 치마를 휙 걷었다. 능숙한 동작으로 스커트와 페티코트를 치우자 여자의 맨허리가 드러났다. 브리아나의 눈앞에 튼튼한 허벅지와 검은 체모가 언뜻 보였다. 하지만 보닛의 엉덩이가 앞을 가리면서 북슬북슬한 금발 체모가 힘겹게 여자의 앞을 틀어막았다.

고개를 돌려 버린 브리아나의 뺨이 빨갛게 타올랐다. 하지만 음습한 호기심에 매혹되어 어쩔 수 없이 다시 그 장면으로 시선이 돌아가고 말았다. 창녀는 발끝으로 균형을 잡고 서서 살짝 허벅지를 구부려 그를 받아들이고 있었다. 보닛이 허리를 박아 대며 신음을 흘리는 동안 여자는 그의 어깨너머를 차분하게 응시했다. 한 손으로는 여전히 술병을 든 채, 다른 손으로는 보닛의 어깨를 익숙하게 쓰다듬었다. 여자는 그쪽을 바라보는 브리아나의 눈길을 알아채고는 윙크를 하며 고객의 귓가에 신음을 흘려 댔다.

"아아, 그거야…… 아, 거기! 너무 좋아, 자기야, 정말 좋아……."

창녀의 등이 선실의 문을 육중하게 쿵쿵 찧자 문이 흔들렸다. 바깥 복도에서 남녀가 웃는 소리를 브리아나는 들었다. 오든이란 사람은 선장은 물론이고 다른 선원들까지 상대할 많은 여자를 데려온 모양이었다.

보닛은 일이 분간 몸을 들썩이며 나직하게 소리를 내다가 갑자기 몸을 격렬하게 마구 움직이며 커다란 신음을 질렀다.

창녀는 보닛의 엉덩이를 도와주듯 손으로 잡고 가까이 끌어당긴 다음, 그의 몸이 축 늘어지며 묵직하게 무게를 싣자 잡았던 손을 풀었다. 그리고 잠시 그를 부축하며 마치 엄마가 아기를 트림시키는 것처럼 등을 토닥여 준 다음 밀어냈다.

보닛은 얼굴과 목을 검붉게 물들이고서 숨을 몰아쉬었다. 그리고 창녀에게 고개를 끄덕이고는 허리를 굽혀 벗어 놓은 반바지를 더듬더듬 찾았다. 바지를 입으며 일어선 그는 어지러운 책상 쪽으로 손짓을 했다.

"돈은 알아서 가져가, 자기야. 하지만 술병은 놓고 가. 응?"

창녀는 살짝 삐친 표정을 지었지만, 술을 마지막으로 양껏 마시고는 4분의 1도 남지 않은 병을 돌려주었다. 그리고 허리춤에 달린 주머니에서 돌돌 뭉친 천을 꺼내어 허벅지 사이를 톡톡 두드려 닦고는 치맛자락을 탁탁 털어 매무새를 잡은 다음 짧고 빠른 걸음걸이로 책상에 다가갔다. 흩어진 물건 사이로 드문드문 보이는 동전을 조심스럽게 골라낸 여자는 두 손가락으로 돈을 집어 하나씩 주머니 깊숙이 넣었다.

『눈과 재의 숨결』에서 발췌

제10장

게이의 섹스 장면은 어떻게 쓸까

나의 젠더·성적 지향과 다른 섹스 장면을 쓰는 법

내가 존 그레이 경의 모험 이야기를 처음 쓰기 시작했을 때, 나는 주인공인 존 그레이라는 캐릭터가 펼치는 이야기를 나의 절친한 게이 친구에게 말한 적이 있었다. 존 경의 성생활에 대해 어떻게 하면 효과적으로 글을 쓸지 걱정이 되었기 때문이다. 나는 그 친구를 성체 조배(천주교의 한 예배 형식으로 성체 앞에 조용히 앉아 기도하거나 묵상하는 것)에서 만났다.

이야기를 나누고 그 다음 주에 나는 성당에 갔다가 주차장에서 존 마이클을 만났다. 존은 나를 불러 세우더니 줄 것이 있다면서 자동차 트렁크에서 파란색 비닐로 싼 꾸러미를 꺼내며 이렇게 말했다. "나는 이제 이런 잡지를 읽지 않아. 오히려 네 자료 조사에 도움이 될 테니 네가 갖는 게 낫겠다고 생각했어. 하지만 이걸 예수님이 계신 성당에 가지고 들어갈 수는 없겠더라고!"

물론 그 잡지들은 읽어 보니 흥미로웠다. 하지만 내가 진짜 쓸 만하다고 발견한 사실은 딱 하나였다. 동성애자들이 상대의 음경 크기가 클수록 더 뚜렷하게 매력을 느낀다는 점이었다. 그러니까, 남성 간의 섹스가 구강뿐만이 아닌 다른 곳으로도 이루어진다는 걸 생각하면, 무려 30센티미터짜리 성기가 그곳에 들어간다는 게 정말 싫을 것이라고 생각하기 쉽지만, 게이들은 그렇게 생각하지 않더라⋯⋯.♦

그러므로 요점은, 섹스라는 행위를 제대로 구현하기 위해서는 성적 매력이 일어날 만큼 적당한 신체가 중요하다는 것이다. 하지만 그건 자료 조사를 하면 되는 문제고, 좋은 섹스 장면을 쓸 때는 크게 중요하지 않다. 중요한 점은, 다른 섹스 장면과 마찬가지로 행위를 하는 사람들 사이의 감

♦ 이는 단지 '초정상 자극'에 지나지 않을 수도 있다. 특정한 신체적 특징이 종의 반응 행동을 촉발하는 중요한 자극일 때, 해당 종의 개별 개체는 그 특성이 과장된 상태에 대해서도 긍정적으로 반응하는데, 이러한 자극을 초정상 자극이라고 한다. 심지어 그 특성이 자연에서 흔히 발생하지 않고, 설령 발생하더라도 개체의 안위에 역효과가 난다고 하더라도, 개체는 과장된 특성을 선호한다. 이런 초정상 자극에 관한 초기의 관찰 기록으로는 네덜란드의 생물학자 니콜라스 틴베르헌이 검은머리물떼새를 대상으로 수행한 실험이 있다. 틴베르헌은 암컷 검은머리물떼새가 두 가지 알 중 어떤 알을 품는지 관찰했는데, 첫 번째 알은 반점이 보통 수준인 보통 크기의 알이었고, 두 번째 알은 일부러 반점을 많이 그려 넣은 커다란 알이었다. 두 알을 본 암컷 검은머리물떼새들은 모두 커다란 알을 선호했다. 알이 너무 커서 제대로 품지도 못하고 계속 알 위에서 미끄러졌는데도 말이다.

정이다.

감정이란 어느 정도는 보편적이기 때문에 행위를 하는 이들의 성적 지향이나 선호도가 무엇이든, 그들은 같은 이유로 섹스를 하며 그 과정에서 같은 종류의 감정을 경험한다. 하지만 여기에는 세 가지 중요한 차이점이 존재한다.

① 적당한 신체
② 성적 매력의 기본
③ 등장인물과 상황에 미치는 문화적 영향력

상대에게 매력을 느끼게 만드는 요소는 당연히 개인마다 다르지만, 그래도 일정한 경향이란 게 존재한다. 이성애자 남자는 여자의 큰 가슴을 선호하든 선호하지 않든 거의 언제나 가슴을 본다. 엉덩이 모양과 크기, 허리와 골반의 비율도 마찬가지로 큰 관심사다.

동성애자 남자도 여성이 지닌 일반적인 매력을 인식하긴 하지만, 여성의 부차적인 성적 특징에는 보통 큰 관심을 기울이지 않으며, 그러한 성적 매력을 자연스럽게 느끼지도 못한다.

한번은 게이 캐릭터를 쓰는 방법에 관한 토론회에 패널로 참석한 적이 있다. (나 말고 다른 패널은 모두 다 게이였고, 청중도 대부분 게이였다.) 그때 나는 청중에게 솔직하게 말했다. "저는 남자도 게이도 아니지만, 남성의 성적 매력에 대해 본능적인 감이 있다는 점에서 여러분과 같답니다."

솔직히 말하자면, 나는 무엇이 여성을 성적으로 매력적으로 만드는지 잘 모르겠다. 그러므로 보통은 레즈비언 캐릭터를 쓰지 않는다. 물론 그런 캐릭터를 찾아내고 내 나름대로 쓸 수야 있지만, 꼭 그래야만 하는 경우가 없었기에 이제껏 써 본 적이 없다.

어쨌든, 요점은 당신이 쓰고 있는 인물의 몸과 마음속으로 들어가서 그 사람의 성격뿐만 아니라 그 사람만의 독특하고 고유한 신체적 특징까지 상상해야 한다는 것이다. 남자와 여자(그리고 게이, 레즈비언, 양성애자를 비롯한 여러 성소수자들)가 성적 취향과 성 경험에 대해 어떻게 글로 표현하는지 여러모로 읽고 그 특징을 알아보면 유용하다.

남자는 외부 생식기가 있고, 여자는 내부 생식기가 있다. 이 단순한 차이에서 남자가 남자에 대해, 여자가 여자에 대해 글을 쓰는 방식이 아주 달라진다. 남자 작가들은 인물의 내적 감각을 잘 다루지 않을 때가 많다. 이는 내적 감각을 경험하지 않았기 때문이기도 하고, 의식적으로 그런 감각이 있다는 사실을 깨닫지 못하는 경우가 많기 때문이기도 하다. 그래서 남자들이 쓴 글에서는 정말로 끔찍한 섹스 장면이 등장할 때가 많다. (매년 열리는 '나쁜 섹스 장면 선발 대회'의 수상작 대다수는 대부분 남자 작가들이 썼다는 게 보인다.)

나에게는 절친한 게이 친구가 있는데, 그는 한동안 게이 주인공과 엘비스 분장이 취미인 레즈비언 조수가 친구로 나오는 추리 소설을 썼다. 그때 우리는 오랫동안 이메일로 정보를 교환하며 (강간은 아닌) 거친 섹스 후의 생리적 후유증이 어떤 느낌인지 서로에게 설명해 주었다. 그때 내 친구는 자궁과 자궁경부가 성적 반응에 일정한 역할을 한다는 것을 처음 알게 되었고, 나는 전립선의 다양한 사용법에 대해 아주 많은 것을 알게 되었다.

내가 말하고 싶은 것은, 당신이 잘 모르는 성적 영역이 있다면 그게 무엇이든 얼마든지 **찾아낼** 방법이 있다는 것이며, 잘 모르는 영역에 대해 글을 쓸 계획이라면 반드시 자료 조사를 하라고 강력하게 권하고 싶다. "아는 것을 써라"는 어리석은 격언같이 들리지만, 바꿔 말해서 "아직 모르는 것에 대해서는 쓰지 마라"라는 말로 생각해 보면 훨씬 설득력 있지 않은가. 그래도 모르는 것은 노력하면 얼마든 알아낼 수 있다.

마지막으로 앞의 ③번과 관련하여…… 당신이 설정한 캐릭터가 속한 문화적 맥락에 따라 동성애자나 성적 지향점이 크게 다른 사람은 자신의 성향을 공개적으로 표현하지 못하거나, 잠재적인 성 파트너와 관계를 맺는 데 어려움을 겪을 수 있고, 은밀한 성생활을 하는 과정에서 온갖 종류의 문제를 겪을 수도 있다.

이런 상황은 해당 인물들의 감정에 영향을 미칠 수 있다. 만약 그들이 장기적인 성관계 상대를 찾는 데 어려움을 겪는 상황이라면, 우연히 마주친 상대와 격렬하고도 짧은 만남을 가질 수도 있고, 피상적이고도 먼 관계가 될 수도 있고, (그들의 행동에 영향을 미치는 방식으로) 만족을 느끼지 못할 수도 있는 등등 여러 문제를 갖게 된다. 남자든 여자든 성격의 본질은 그대로이나, 상황 때문에 성적 표현에 지장이 생긴다는 뜻이다. (물론 이것은 이성애자도 마찬가지다.)

제11장

심리 작전

이런 글 쓰는 걸 엄마가 알면 뭐라고 할까?

아는 사람이 뒤에서 지켜보는 가운데 섹스에 대해 글을 쓰는 상황을 감히 상상할 수 있겠는가? 생각만으로도 부담스럽다. 그러니 아무도 이 글을 보지 않을 거라고 스스로를 안심시키자. 그리고 절대로 들키지 말자. 내가 이런 글을 쓰는 모습을 그 누구에게 보일 필요가 없다.

글을 쓰는 동안엔 종이 또는 모니터만 두고 일하자. 나 말고는 **아무도** 볼 사람이 없다는 것을 항상 떠올리자. 그러니 아무거나 마음껏 쓰고, 쓴 다음엔 지워 버리거나 서랍 속에 꼭꼭 숨겨 두면 된다.

일단 쓰고 나면, 글을 나 자신과는 별개의 것으로 인식하기가 더 쉬워진다. 어떤 글이든 자기 자신과 정신적으로 분리해야만 그 글의 가치를 제대로 판단할 수 있다. 이 점을 명심하면 자기 글을 제대로 판단할 수 있게 되고, 보통은 자신이 쓰고 있는 이 장면을 아무도 봐 주지 않을 것이라는 사실을 깨닫게 된다. 물론 그 글이 정말 잘 쓴 글이라면 이야기는 달라지겠지만, 그렇다 하더라도 지금 고민할 일이 아니다. 출판할 때가 왔을 때 그때 결정하면 될 일이다.

그러니까 이건 당신과 책 사이, 둘만의 비밀이다. 그 누구도 모를 테니 안심하자. (혹시라도 몰래 방에 들어와 당신의 글을 엿볼 사람과 함께 살고 있다면 문을 잘 잠그도록 하자.)

그런 다음 캐릭터의 시점으로 완전히 들어가서 그 인물이 무엇을 보고 느끼는지 살펴보고, 인상적인 세부 사항을 적어 보자. (참고로 나는 두 캐릭터의 시점을 모두 사용하여 감정과 생각이 번갈아 드러나는, 아주 잘 쓴 섹스 장면을 본 적이 있다. 나는 그런 기법을 사용해 글을 쓰지 않았는데, 그게 나쁜 방법이라서기보다는 나에게는 자연스럽지 않은 느낌이었기 때문이다. 그런 기법의 효과가 잘 나타나려면 아주 매끄러우면서도 산만하지 않아야 한다.)

그리고 반드시 기억하자. 이것은 과학이 아니라 예술이라는 것을. 눈에 익은 묘사와 정형화된 패턴이 존재한다 해도, 결국 좋은 섹스 장면이란 현실의 인물들 사이에서 벌어지는 실제 만남처럼 고유하고 독특한 법이다.

부록

한국식 성기 표현*

남성의 성기를 가리키는 용어들

가운뎃다리	매직 스틱	양물
가죽침	몽둥이	옥경
거시기	무기	옥근
고추	물건	육봉
그것	미사일	음경
기둥	바나나	자지
깃대	버섯	작대기
깃발	분신	존슨
남근	불기둥	좆
남성	불방망이	주니어
대물	사타구니	중심
동생	성기	페니스
드릴	소시지	흉기
똘똘이	스틱	
막대기	아들내미	

* 이 책에서는 독자의 편의를 위해 작가가 선별한 영어식 표현 외에 한국식 표현을 수록하였다.

여성의 성기를 가리키는 용어들

비속어들	다소 점잖은 용어들	에두른 표현들	의학적으로도 쓰이는 용어들
구멍	밀부	가랑이	불두덩
보지	여근	계곡	외음부
썹	옥문	그곳	음순
썹구멍	음문	꽃잎	음핵
조개	음부	내벽	질
	국부	둔덕	질구
		밑	클리토리스
		샘	
		소중이	
		아래	
		은밀한 곳	
		입술	
		점막	
		틈	
		하반신	

『아웃랜더』 시리즈의 섹스 장면 목록*

* 『아웃랜더』의 후속 시리즈는 아직 한국에서 정식 출간되지 않은 상태로, 『호박 속의 잠자리』부터는 영어 원문 그대로 표기했다.

가을의 북DRUMS OF AUTUMN

불타는 십자가THE FIERY CROSS

눈과 재의 숨결A BREATH OF SNOW AND ASHES

뼛속의 메아리AN ECHO IN THE BONE

무경험자들 VIRGINS

감사의 말

이 책이 나오기까지 도움을 주신 모든 분들께 깊은 감사를 전한다.

너무나도 유쾌한 시 「페니스에 바치는 송가」의 전문 인용을 허락해 준 패멀라 패칫, 정말 친절하고 성실하게 『아웃랜더』 시리즈에 등장하는 모든 섹스 장면을 정리해 완전한 목록으로 만들어 준 비키 팩, 꼼꼼하게 편집한 생식기 어휘 목록을 이 책에 실을 수 있게 너그러이 허락해 준 린다 로언, 오랜 시간 나와 우정을 나누며 '은밀한 느낌'을 공유해 주고 솔직한 이야기를 인상적으로 들려준 존 L. 마이어스, 생생하고 유용한 설명과 귀한 자료를 제공해 준 존 마이클 캐펄디, 그리고 초고를 도와준 나의 남편, 더그 왓킨스에게 고맙다.

아이 기브 유 마이 바디

초판 1쇄 인쇄 2023년 9월 8일
초판 1쇄 발행 2023년 9월 22일

지은이 다이애나 개벌돈
옮긴이 심연희
펴낸이 정은선

펴낸곳 ㈜오렌지디
출판등록 제2020 - 000013호
주소 서울특별시 강남구 선릉로 428
전화 02 - 6196 - 0380
팩스 02 - 6499 - 0323
ISBN 979 - 11 - 7095 - 035 - 6 (03800)

www.oranged.co.kr